Günther Rücker
Erste Liebe

Günther Rücker
ERSTE LIEBE
und anderes

EDITION SCHWARZDRUCK

Günther Rücker
ERSTE LIEBE
und anderes

Mit Illustrationen von Roland Berger

EDITION SCHWARZDRUCK

Inhalt

Geben Sie mir die Ehre und trinken Sie
ein Glas Tee mit mir
7

Eine böhmische Geschichte
33

Das Grandhotel »Silberner Adler«
43

Es lebten einst zwei Brüder
69

Vorfall am Elisabethbrunnen
93

Erste Liebe
121

Nachwort
132

Biographisches
135

Glossar
136

GEBEN SIE MIR DIE EHRE
UND TRINKEN SIE EIN GLAS TEE MIT MIR

Hörspiel

In einem Flugzeug. Man hört die Stimme der Stewardeß: »Bitte legen Sie die Sicherheitsgurte an und stellen Sie das Rauchen ein.«
Der Satz wird in Deutsch, Englisch, Polnisch und Tschechisch gesprochen.
Sprecheransage. Flugzeuggeräusche. Man hört Gespräche im Vorübergehen. Flugplatzlärm sehr entfernt. Daraus Geräusche eines Flugplatzrestaurants.
Frau: »Wann, sagt die Stewardeß, sollen wir weiterfliegen?«
2. Frau: »Bis der Budapester Bodennebel gestiegen ist. Oder bis er sich aufgelöst hat.«
Frau: »Und wie heißt dieser Flugplatz?«
2. Frau: »Ich hab's vergessen. Irgendein slowakischer Name.«
Frau: »Na schön. Warten wir, was der Bodennebel in Budapest mit uns vorhat.«
Die Geräusche gehen noch weiter zurück. Die Stimme ist jetzt nahe.
Frau: »Und so saß ich und wartete. Auf Flugplätzen, kommt mir öfter vor, verlängert sich unser Leben. Entscheidungen fallen jetzt außerhalb. Man ist machtlos. Vorerst geschieht gar nichts. Man wartet.«
Ein Flugzeug rollt entfernt vorbei. Man hört Menschen näherkommen. Es wird polnisch gesprochen.
2. Mann in polnischer Sprache: »Bitte meine Dame, ist hier noch ein Platz frei?«
Frau: »Ich verstehe Sie leider nicht, mein Herr.«

2. Mann, polnisch: »Danke, danke. Ich komme zu euch.«

Er ruft anderen etwas zu und geht.

Frau: »Einer aus der Gruppe der polnischen Gäste wartete, bis die anderen Platz gefunden hatten. Dann trat er an meinen Tisch, verbeugte sich ein wenig umständlich und mit hoher Würde und fragte in deutscher Sprache, ob der Platz an meinem Tisch noch frei sei.«

Mann: »Ist der Platz frei, meine Dame?«

Frau: »Bitte, bitte.«

Mann: »Aus Berlin?«

Frau: »Ja.«

Mann: »Auch nach Budapest?«

Frau: »Ja.«

Mann: »Auch wegen Nebel?«

Frau: »Ja, auch wegen Nebel.«

Mann: »Na schön, warten wir. Ich hab' lange geschwankt, fahr' ich mit dem Zug oder flieg' ich!« *Lachen, Lärm.* »Hätten nicht die Kollegen gesagt: flieg, du sparst dir einen halben Tag, mir wär die Idee nie gekommen. Schöner halber Tag!«

Frau: »Werden Sie in Budapest erwartet?«

Mann: »Ich bitt' Sie, sprechen Sie nicht davon! Eine Katastrophe! Meine Schwester feiert ihren neunundachtzigsten Geburtstag. Und mein Schwager steht im Budapester Flugplatznebel und wartet. Neunundachtzig, wer wird das schon? Haben Sie Geschwister?«

Frau: »Ja. Zwei.«

Mann: »Aha, zwei. Und aus Berlin. Von drüben oder von uns?«

Frau: »Von uns.«

Mann: »Aha. Gibt es hier Tee?«

Frau: »Ich glaube, es gibt hier Tee.«

Mann: »Dann geben Sie mir die Ehre und trinken Sie ein Glas Tee mit mir.«

Frau: »Gern. Ich danke für die Einladung.«

Mann: »Ich überleg', ob ich Sie nicht auf einen Wodka einladen soll, aber das soll fürs Fliegen nicht gut sein. Tee wärmt, und die Nacht wird lang, und hier ist es nicht sehr viel geheizt. Lassen Sie sich von einem alten Mann sagen, nichts ist unangenehmer, als sich in dieser Jahreszeit zu verkühlen. Verkühlungen sind die Wurzel verschiedenartigster Krankheiten, meine Dame. Ich hab' mich da immer sehr vorsehen müssen, ich war schon als Kind empfindlich aufs Verkühlen, aber unberufen, ich hab' mich durch meine Vorsicht nie ernsthaft erkältet. Nicht einmal am Polarkreis.«

Frau: »Das ist aber wirklich erstaunlich.«

Mann: »Sie sind ein freundlicher Mensch. In Wirklichkeit denken Sie, warum bleibt er nicht, wo er ist, der Alte, was macht der am Polarkreis? Ich war ja damals auch jünger.«

Frau: »Nein, nein, das hab' ich nicht gedacht, das hab' ich bestimmt nicht gedacht.«

Mann: »Meine Dame, ich hab' für Gedanken einen Blick. Mir scheint, hier muß man sich selbst um den Tee kümmern.«

Frau: »Ich hole den Tee.«

Mann: »Wollen Sie mich kränken?«

Frau: »Er stand auf und holte Tee, beugte sich beim Gehen etwas nach vorn wie Leute, die Schmerzen in der Wirbelsäule haben. Wie alt war er? So alt wie mein Vater.«

Mann: »Da ist der Tee.«

Frau: »Danke.«

Mann: »Hier ist Zucker.«

Frau: »Danke.«

Mann: »Wissen Sie, warum ich mir gedacht habe, wir trinken einen Tee?«

Frau: »Nein. Warum?«

Mann: »Sie sind die erste Deutsche für mich seit damals, das heißt, gesehen hat man Deutsche, wie sollte man nicht. Und ab und an ein Wort. Aber Gesprächen bin ich aus dem Weg gegangen.«

Frau: »Ich kann es verstehen.«

Mann: »Und wenn ich Ihnen sage, daß ich in den letzten Jahren mit meiner Frau wieder deutsch spreche, öfter einmal? Wenn man alt wird, gehen die Gedanken oft zu den Eltern und in die Kindheit, das läßt sich gar nicht aufhalten. Und ich habe als erstes auf der Welt deutsch gesprochen. Das erste Wort, das ich lernte, war ein deutsches Wort. Wäre der Krieg nicht gekommen! Der Tee ist miserabel. Haben Sie den Krieg noch erlebt?«

Frau: »Ich bin in einem Fliegerangriff zur Welt gekommen.«

Mann: »Was für eine Welt! Der Fehler ist, sie kochen den Tee in diesen Papierbeuteln. Ich war so alt wie Sie, als es damals anfing. Aber reden wir nicht davon. Meine Frau hat mir Kuchen eingepackt. Wenn ich Ihnen den Kuchen meiner Frau anbieten darf zum Tee?«

Frau: »Danke.«

Mann: »Mohn mit Streusel. Das macht ihr keiner nach.«

Frau: »Danke.«

Mann: »Schmeckt es?«

Frau: »Ausgezeichnet.«

Mann: »So alt wie Sie war ich, nicht zu jung und nicht zu alt. Die beste Zeit, die der Mensch durchlebt. Und in der Frühe auf einmal heißt es: Krieg, alles antreten. Aber reden wir von was anderem.«

Frau: »Der Kuchen ist herrlich. Sagen Sie Ihrer Frau meine Bewunderung.«

Mann: »Das wird sie freuen. Das Rezept hat sie von ihrer Machateneste, so heißen die Familientanten bei uns. Meine Frau hat viel von ihr gelernt. Kochen und marinieren. Damals hat man ja alles selber gemacht.«

Frau: »Wohl dem, der so eine Tante in der Familie hat.«

Mann: »Ja, ja, die Gute. Sie hat nicht überlebt.«

Eine Pause.

»Essen Sie, Kindchen.«

Frau: »Sind Sie aus Warschau?«

Mann: »Aus Bielitz. Ich bin Bielitzer.«

Frau: »Und wie sind Sie an den Polarkreis gekommen, wenn man fragen darf?«

Mann: »Wie kommt der Meyer auf den Himalaja? Wie ich durch Bielitz komme auf dem Rückzug, der pure Zufall, mit meiner Truppe, war meine Frau am Tag zuvor geflüchtet. Sie hat den Nachbarn gesagt, sie weiß, daß ich durch Bielitz komme, und sie wollte mich gern noch einmal sehen. Hätte sie einen Tag länger gewartet. Oder hätte ich mich aufgemacht, sie zu suchen. Aber ich konnte doch nicht von der Truppe fort. Obwohl – aber lassen wir das. Manchmal haben wir geschossen, manchmal die Richtung geändert, und plötzlich heißt es: Schluß, alles ist aus. Das war ein Tag, meine Dame. Aber reden wir nicht davon. Wir waren bis Lemberg gekommen. Ich denk': wohin jetzt? Was blieb schon, als der Weg zur Roten Armee. Die Russen waren doch bis Lemberg vorgerückt.«

Frau: »Ein Glück, daß es diesen Weg noch gab.«

Mann: »Ach Kindchen. Damals und zu den Russen!«

Frau: »Aber doch besser, als in Gefangenschaft bei den Deutschen.«

Mann: »Ja, ja. Trotzdem.«
Frau: »Konnten Sie denn da noch überlegen?«
Mann: »Und wie ich überlegt habe.«
Frau: »Das versteh' ich nicht.«
Mann: »Ich red' und red'. Trinken Sie.«
Frau: »Ich höre gern zu.«
Mann: »Ja?«
Frau: »Ja. Sehr gern.«
Mann: »Sie verstehen also nicht, daß ich überlegt hab? Mein Vater, wenn Sie das interessiert, ist aus dem Textilfach. Ich selbst hab' die Handelsschule in Bielitz besucht – Garne und Gewebe. Und plötzlich stand man vor einer solchen hochpolitischen Frage: Wohin wendet man sich? Das war eine internationale Fragestellung. Dabei hat man nicht einmal die Lage im eigenen Lande verstanden. Man verstand ja kaum, was im eigenen Haus vorging, mit dem Hader zwischen Polen und Ukrainern und dazwischen Deutsche; das hat sich verbündet miteinander und gegeneinander und zerfleischt und aufgefressen; die mit denen, die gegen andere und alle zusammen gegen uns Juden. Sie sitzen bei einer Familienfeier und sind fröhlich und machen irgendeine lustige Bemerkung, da springt mit einemmal einer auf: Ich bin ein freier Pole, ich bin ein Deutscher, ich bin ein Ukrainer, ich bin der und der, ich bin ein gläubiger Jude. Ich lasse meine Ehre nicht antasten! Sie fragen: Verzeihung, wieso hab' ich Ihre Ehre angetastet? Aber da war die Schlägerei schon im Gange. Man lebte, möchte ich sprechen, in Furcht; Furcht vor dem Sterben und Furcht, im Leben das Falsche zu machen.

Allein, wenn Sie an das Geschäft denken, das ging so miserabel, man mußte Aufträgen nachlaufen, Verbindungen herstellen, Beziehungen ausfindig machen,

Preise beobachten – was kümmerte einen da die Politik! Zwei Menschen am Leben erhalten, verlangte nicht weniger Verstand als eine halbe Division zu vernichten. Das können Sie mir glauben. Ich hab' den Kommunisten kein Wort geglaubt, ganz ehrlich, kein Wort, keine Silbe, kein Jota. Aber daß jede Köchin den Staat regieren kann, wenn sie sich's vornimmt, das hab' ich ohne Widerrede geglaubt. Wenn unsereins alle Kraft, die einem Garne und Gewebe gefressen haben, für Staatsfragen hätte einsetzen können, warum soll man den Staat nicht leiten können. Noch dazu, wenn man's von der Schule auf lernt. In der Handelsschule in Bielitz aber hab' ich das nicht gelernt. Man bekam jahrelang eingetrichtert: Das verstehst du nicht, daß man am Ende geglaubt hat, man versteht's wirklich nicht. Aber neununddreißig hat man's ja doch sehr gut verstehen müssen, wenn man weiterleben wollte.

Wissen Sie, wenn sich alle verwickelten Weltfragen plötzlich auseinandernehmen lassen wie eine Zwiebel und ganz am Ende bleibt nur noch eins übrig: leben oder sterben, da versteht unsereins sehr schnell, wenn auch die Augen voll Wasser sind, wie beim Zwiebelschälen. Wie komm' ich aufs Zwiebelschälen? Ach ja, über die Weltlage neununddreißig. Ich saß also bei den Russen, und es war Oktoberanfang. Gott, war das ein schöner Herbst, neununddreißig! Und man lebte. Was für ein Geschenk! Aber eines Tages holt die Rote Armee alle Zugewanderten zusammen – Evakuierung, Polarkreis. So war das. Trinken Sie, meine Dame.«

Frau: »Der Streuselkuchen ist hervorragend.«

Mann: »Ja, ja. Mohnstreusel. Das macht ihr keine nach. Die Strecke zum Polarkreis möcht ich in Polsterklasse noch einmal fahren. Ein Land, das nie aufhört.

Wenn man dachte: Jetzt muß das Land doch aus sein, kam neues und immer neues Land. Und plötzlich waren wir am Polarkreis. Und Fabriken gab's hier, solche hab' ich nie wieder gesehn. Fabriken wie ein Wald. Man konnte sich darin verlaufen. Man hat den Himmel nicht mehr gesehn vor Rohren und Wänden. Und der Rauch stand tagelang wie unbewegliche Wolken über den Schornsteinen. Und die Menschen laufen herum wie Väterchen Frost.

Ein Winter, wenn Sie den mit dem hiesigen Winter vergleichen, das ist, wie wenn Sie gewohnt sind, mit Katzen zu spielen, und mit einem Mal kommt ein Tiger ins Zimmer. Dann kommt das Frühjahr, und man denkt, es müßte grün werden in der Welt, aber es ist schon Mai, und der Schnee fängt jetzt erst an zu schmelzen, und es wird Juni, und da legt man den Pelz ab, und im September sitzt man schon wieder in geheizten Stuben. Und die Hälfte der Zeit ist Dämmerung. Keine Sonne. Schwer, meine liebe Dame, schwer. Und doch haben Leute geheiratet, und Kinder sind zur Welt gekommen. Und ich hab' einen neuen Beruf gelernt. In einem Sägewerk. Dort war ein Holzstapelplatz, um den herumzuwandern brauchte man einen ganzen Tag. In den Hallen roch es nach Holz, daß man davon wie berauscht wurde. Das stieg zu Kopf wie Äther. Harze konnte man da riechen – solche Gerüche finden Sie in allen Wäldern Europas nicht. Und wie gesagt, ich war kein einziges Mal erkältet. Zwei Jahre lang! Sagen Sie, wo sind die andern? Es ist so still geworden.«

Frau: »Sie sind zum Abendessen gegangen.«

Mann: »Und Sie gehen nicht?«

Frau: »Nein, ich finde es hier sehr gemütlich.«

Mann: »Ich bleibe auch, wenn's Ihnen recht ist.«

Frau: »Das ist mir sehr recht. Noch einen Tee?«

Mann: »Vielleicht sollten wir doch einen Wodka trinken. Oder einen Kognak. Man trinkt ja lieber Kognak bei Ihnen. Und ich werde jetzt aufhören mit Erzählen. Essen Sie noch ein Stück vom Kuchen. So schlank wie Sie sind, was kann's schaden?«

Frau: »Wie haben Sie Ihre Frau denn wiedergetroffen?«

Mann: »Was soll ich Ihnen sagen, in Bielitz habe ich sie getroffen. Es war wie in einem Traum. Ich komme nach dem Krieg nach Bielitz und gehe zu unserm Haus, und das Haus steht, und die Wohnung gibt es noch, und ich klopfe an, und wer macht auf? Meine Frau. Ein Traum. Und was für eine Angst hatte ich, daß ich nichts mehr finde. Ich war nämlich allein geblieben, müssen Sie wissen. Mit einer Neuen hätte ich nicht mehr anfangen können damals. Es sind ja so viele allein geblieben. Manchmal, wenn ich eine Feier im Betrieb mitmache und sitze mit einer Zigarre bei einem Dezi Weißwein und schau dem Geschaukel und dem Verrenke auf dem Parkett zu, und mit einem Mal sehe ich zwei Frauen, denen das Haar schon weiß geworden ist, miteinander tanzen, weil ihre Männer nicht mehr leben und sie keinen anderen gefunden haben, da ist mir alle Freude genommen. Nicht nur wegen der zwei Frauen, auch weil es den andern so natürlich erscheint, daß das so ist. Was denkt so eine Frau, wenn der Tag vorbei ist? Und wenn sie nach dem Tanz nach Hause geht? Allein zu leben, das denk ich mir, gehört zu dem Schwersten auf unserer Welt. Ich zum Beispiel war ein sehr sinnlicher Mensch, wenn ich das so frank und frei sagen darf. Als ich die Jahre am Polarkreis ohne Frau hab' leben müssen, lag's mir wie ein Stein auf der Seele.

Und als ich dann eine gefunden hatte, lag's mir auf dem Herzen wie ein Fels. Ich sprech' jetzt nicht von meiner Angetrauten, ich sprech' jetzt von der, die ich auf dem Schiff nach Stalingrad gefunden hab'. Jetzt fragen Sie, wie kommt der nach Stalingrad.

Jetzt heißt es ja Wolgograd. Aber ich sag' immer noch den Namen von damals. Sie müssen das verstehen. Es kommt ganz von allein so heraus. Diese Stadt. Im schweren Jahr zweiundvierzig. Man wollte uns nach Astrachan bringen, dort war's wärmer, viele hielten es am Eismeer nicht durch. Wir sind wochenlang gefahren. Am Eismeer sind wir mit viel Freude aufgebrochen, aber je weiter wir nach Süden kamen, desto trauriger sind wir geworden. Denn uns entgegen kamen die Schiffe mit den Verwundeten. Keiner hat schlafen können, an nichts hatte man mehr Freude, immer stiller ist's am Schiff geworden. Wenn wieder ein Verwundetenschiff herangeschwommen kam, standen wir an der Reling und winkten, und weil man so hilflos war, weinte man auch oft, und die Gläubigen beteten. Eli, Eli, warum hast du uns verlassen. Und mit einem Male heißt es, es geht nicht weiter, wir kommen nicht mehr bis Astrachan, aussteigen. Die Front schob sich damals schon gegen die Wolga vor. Bei jeder Anlegestelle also gehen einige an Land. Ich überlege schon, wo ich an Land gehen soll – da seh' ich plötzlich ein Gesicht und denke: Das kennst du. Ich schau' noch einmal hin und wahrhaftig, es war eine mir seit langem bekannte Dame aus Kattowitz. Ich klopf' ihr auf den Rücken und sage: Verzeihen Sie mir die Verwegenheit, wir kennen uns doch! Nicht daß ich wüßte, mein Herr!

Aber dann erinnere ich sie an eine Schihütte in der Hohen Tatra, und da erinnert sie sich auch, und ich frag':

Steigen Sie jetzt aus? Sie weiß nicht recht, soll sie ja sagen oder soll sie nein sagen, und ich bemerke deutlich, sie möchte gern sagen: Da, wo Sie aussteigen, will auch ich aussteigen. Und so sag ich ihr: Ich steige jetzt aus, und sie sagt: Ich auch. Wir gehen also von Bord und – denken Sie sich – wir bekommen ein kleines Holzhäuschen, und sie schneidert, und ich arbeite wieder in einem Sägewerk, und wir leben zusammen gar nicht schlecht. Sie hatte den Kattowitzer Chic. Die Kattowitzer Schneiderinnen sind ja bekannt für ihren Chic. Ich will nichts gegen die Schneiderinnen an der mittleren Wolga sagen, aber den Kattowitzer Chic, meine Dame, alles was recht ist, haben sie dort nicht. Aber was erzähl' ich Ihnen von Chic! Das ist, als erklärte man dem Einstein die Physik.

Frau: »Sie verstehen's aber, einer Frau was Schönes zu sagen.«

Mann: »Ich hab ganz einfach einen Blick für so was.«

Frau: »Das merkt man.«

Mann: »Ach, das war eine Frau, wie ich mir sie wünsche. Voll und rund, wohin man sieht. Ich liebe nämlich die Schlanken und Mageren nicht sehr. Ich zieh' mir die Fülligen vor. Das wird Sie vielleicht wundern, weil Sie selber ja eine Schlanke sind. Aber Sie sind ja auch noch sehr jung. Merken Sie sich: Unsere Erde liebt die Fülle. Man sagt ja auch ›Mutter Erde‹. Abgesehen davon, je fülliger eine ist, desto ausgeglichener. Ja, sie war wie geschaffen für mich. Denken Sie nicht schlecht von ihr. Sie hatte einen Mann, von dem sie schon zwei Jahre nichts mehr gehört hatte, und auch ich hatte eine Frau, die mich liebte. Wir lebten also zusammen, aber so gut alles war, so sehr war's auch eine Qual. Oft, wenn es eigentlich nicht hätte sein dürfen, dachten wir an den andern. Ich hätte so gern vor dem Krieg von meiner Angetrauten ein Kind gehabt. Aber es kam nie dazu. Und ich bin ein Kindernarr, noch heute. Mit der andern aber, das war nicht die Zeit für Kinder. Wenn wir da beieinanderlagen, wie oft wurden wir traurig, und jeder dachte an den anderen, der fern war. Wie oft hab' ich gesagt: Luschka – weil sie hieß Julia oder Julischka – Luschka, hab' ich gesagt, so viel Liebe und doch – so viel Leid in den Betten! Wir hatten also kein Kind, und heut' habe ich keins. Auch das ist schwer, meine Dame. Kinder sind die Hoffnung der Welt. Man wird alt und schwatzhaft.«

Frau: »Ich höre gern zu. Ich sage das nicht aus Höflichkeit, ich höre wirklich gern zu.«

Mann: »Da hab' ich aber Glück. Das hat man selten, daß einer gern zuhört. Weiß Gott, wie's gekommen ist. Bei so vielen Leuten ist die Lust an der Unterhaltung verkümmert – Zuhören und Erzählen, beides ist eine Kunst, Kindchen, und jede Kunst braucht Übung – und schauen Sie sich um, wie die Menschen mit ihrer Kunst umgehen! Macht es nicht traurig? Ihre Gedanken sind klarer geworden, aber ihre Gespräche ärmer. Die Kunst der Rede verhungert; statt zu sprechen, schreibt man Zettel voll und liest ab, die Sätze sind wie verdorrt, die Worte haben ihren Geruch verloren, der Witz hat keine Muskeln mehr. An die Stelle der Erzählung von einem zum andern tritt die Mitteilung über drittes. Noch wissen wir die Geschichten unserer Väter, aber wißt ihr die unseren? Ahnten Sie, wie wenig die Kinder vom Leben der Eltern wissen, Sie würden erschrecken, meine Dame. Was aber taugt unser Leben über die Arbeit und das Vermehren hinaus, wenn es nicht eine Lehre ist für andere? Wieviel haben wir alle durchlitten, und wieviel müßten wir voneinander wissen! Aber was sagt man einander schon? Den Namen. Was hat es für einen Sinn, wenn Sie wissen, einer heißt Schlachet oder Polianski. Ich hab einen Herrn Schlachet oder einen Herrn Polianski aus Bielitz kennengelernt. Sehr erfreut, sehr erfreut. Was wissen Sie da mehr, als daß er Schlachet heißt oder Polianski. Ich zum Beispiel weiß nicht einmal, was Sie von Beruf sind. Und den Beruf wissen, ist doch tausendmal mehr, als zu wissen, Sie heißen Neumann oder Suske. Suske heißen Sie nicht, nein?«

Frau: »Nein.«

Mann: »Das freut mich. Und Ihre Profession?«

Frau: »Wie soll man es nennen? Ich gebe Bücher heraus.«

Mann: »Aber Sie schreiben nicht selbst.«

Frau: »Nein.«

Mann: »Das ist vernünftig.«

Frau: »Warum?«

Mann: »Ich bitte Sie, diese Dichter können einem doch von ganzer Seele leid tun.«

Frau: »Finden Sie?«

Mann: »Rechnen Sie sich aus: In jedem Land sind es doch nur ein paar hundert Professionals, die sich hinsetzen und alles aufschreiben. Und wie viele tausend Geschichten sind zu erzählen! Jetzt überlegen Sie, wie lange so einer schon Zeit hat für seine Schreiberei. Wenn's hoch kommt, dreißig, vierzig Jahre, vorausgesetzt, er bleibt gesund und sitzt sich nicht die Spondylose in den Rücken oder den Krebs in den Bauch. Und in dieser Zeit passieren – ich weiß nicht wieviel Milliarden Geschichten. Er aber muß aus diesen vielen Geschichten die eine herausfinden, die er auch wirklich ganz und gar erzählen kann, muß sie prüfen und abwägen und umwenden wie einen alten Stoff und dabei nicht allzuviel Zweifel bekommen, ob es auch wirklich die richtige Geschichte ist, denn während er sich mit Skrupeln herumschlägt, passieren ja schon wieder neue Geschichten und vielleicht sogar viel schönere, als die er da unter der Feder hat, und ist er nicht ein sehr fester Charakter, schmeißt er seine Geschichte fort und greift nach der andern. Und die ganze Zeit ruft man ihm zu: Schreib schneller, du Guter, da sind schon wieder neue und unerhörte Geschichten geschehen! Und während er einen Takt schneller schreibt, kommen allerhand Schwätzer und halten ihn mit guten Ratschlägen von der Arbeit ab, so daß ihm die Hände zu schwitzen anfangen und die Haare ausfallen. Glauben Sie mir, es sind arme Hunde allesamt. Nur die ganz guten unter ihnen und die ganz schlechten arbeiten in Ruhe und ohne schwitzige Hände. So ist das, und darum müssen wir unsere Geschichten unter die Leute bringen, so daß sie von vielen vergessen werden können, aber in einigen lebendig bleiben. Das mag sich altmodisch anhören, aber es ist ganz, ganz modern, vollkommen zukünftig ist das. Und wissen Sie, warum ich da so sicher bin? Ich will's Ihnen sagen. Weil es gar nicht so lange dauern wird, und die Arbeit wird nur noch von den Maschinen gemacht, und die Leute werden viel Zeit haben für sich und ihre Gedanken. Man wird eigens zusammenkommen, um Geschichten zu hören und zu erzählen. Sie denken jetzt vielleicht – die werden dann genug über sich selbst nachzudenken haben – falsch gedacht! Weshalb hören denn die Enkel so gern die Geschichten ihrer Großväter? Doch nicht aus Ehrfurcht, nicht einmal aus Neugierde. Sie hören den Großvätern gern zu, weil sie sich, wenn die Alten erzählen, daran freuen, wie klug sie, die Enkel, doch geworden sind, und daß alles, was den Großvätern das Leben schwergemacht hat, ihnen nichts mehr anhaben kann. Die Zeit ist so schnell geworden. Was sind heute sechzig, siebzig Jahre? Nichts, meine Dame, auch wenn Sie's mir mit Ihren dreißig nicht glauben. Sechzig Jahre sind ein kurzes Leben. Und doch schau' ich auf die Zeit, in der ich so alt war, wie Sie heute sind, wie ein Enkel auf das Leben seines Urahns. Das war, wie ich Ihnen schon sagte, die Zeit der Furcht. Von fünf Tagen meines Lebens litt ich anderthalb Tag' lang Hunger, aber drei litt ich Furcht. Ihr Kind aber weiß schon gar nicht mehr, was Hunger ist. Haben Sie ein Kind?«

Frau: »Ja, ich hab' ein Kind.«

Mann: »Klein?«

Frau: »Ganz klein.«

Mann: »Lieb?«

Frau: »Sehr lieb.«

Mann: »Alle Kinder, alle sind lieb. Sehen Sie, Kindchen, was Hunger war, wird man den Kindern noch erklären können. Aber wie soll man ihnen erklären, was Furcht war? Wenn Ihr Kind einmal groß ist, wird nicht nur der Hunger, da wird auch die Furcht unbekannt geworden sein, glauben Sie mir. Wenn also eines Tages Ihr Kind Sie fragt: Wie haben die Leute damals ihre Furcht verloren? Was können Sie ihm dann antworten? Oder hatten Sie nie Furcht?

Frau: »Um Himmels willen! Und ob ich mich gefürchtet habe.«

Mann: »Kennen Sie den Augenblick in Ihrem Leben, in dem Sie Ihre Furcht verloren haben? Kennen Sie ihn? Ich sehe schon, Sie denken sehr angestrengt nach und wissen es nicht genau und versuchen, sich nur schnell zu erinnern, und es gelingt Ihnen gar nicht.«

Frau: »Ich weiß nicht, ob es ein Augenblick war oder ob es viele Augenblicke an vielen Tagen waren.«

Mann: »Nein, Kindchen, alles Erinnern ist immer ein Augenblick. Die erste Liebe – Sie sehen einen einzigen Augenblick. Angst – ein Augenblick, Kriegsende – ein Augenblick. Und wie man seine Furcht verlor – ist das nicht vielleicht der größte Augenblick überhaupt, den ein Mensch durchlebt? Ist nicht ein Mensch, wenn er in Furcht lebt, und derselbe Mensch, wenn er die Furcht verloren hat, in Wirklichkeit zwei Menschen? Und hat der erste mit dem zweiten mehr gemeinsam als das Hemd, den Hut, die Schuh'? Eigentlich sollte man anordnen, daß überall große Bücher angelegt werden, in die die Menschen einschreiben sollten, wie sie ihre Furcht verloren.

Frau: »Und was würden Sie in dieses Buch schreiben?«

Mann: »Wie's war. Den Augenblick. Bei mir war's ein Mensch, der mir die Furcht genommen hat. Wir lebten an der Wolga als Zugereiste. Die Dame aus Kattowitz und ich und die andern vom Polarkreis. Wir sollten weiter evakuiert werden. Man hörte schon die Panzer rollen und die verschiedenen Kanonen. Ich hab' wieder in einem Sägewerk gearbeitet. Das hatte ich am Polarkreis gelernt. Und der Maschinist in dem Sägewerk, das war mein Freund. Wie gesagt, man hörte schon die Kanonen. Ich ging zu ihm und fragte, was soll ich tun? Ich ging immer, wenn ich Fragen hatte, zu ihm, denn wir hatten uns lieb gewonnen über die Arbeit hinaus. Er war an der Wolga aufgewachsen. Er war nie woanders. Wie ein Baum. Du tust mir leid, sagte er immer, dich treibt's durch die Welt wie einen Hobelspan – kommt ein bißchen Wind, schon bläst er dich vor sich her. Er hatte eine Art Patenschaft über mich. Ich reichte ihm bis zum unteren Rand seiner Brusttasche. Man kann sagen, ich sah zu ihm auf. Ich sagte ihm also, daß wir wieder fort müssen, und fragte ihn um Rat. Er sagte: Bleib. Er sagte einfach: Bleib. Und man hörte schon die Kämpfe aus der Stadt! Und wenn die Deutschen kommen, was dann, frage ich ihn. Und er antwortet: Sie kommen nicht über die Stadt hinaus. Bleib. Ich aber dachte: Du redest so, weil du die Deutschen nicht kennst. Ich sag' immer die Deutschen. Damit mein' ich aber immer die von damals. Bitte verstehen Sie das. Ich sitze mit Ihnen hier und spreche deutsch mit Ihnen, und Sie sind ja auch eine Deutsche. Aber ich käme nie auf die Idee, von Ihnen zu denken, Sie wären eine von diesen ›Deutschen‹. Ich bin sehr froh, daß das so ist. Aber damals – wie soll man das erklären? Als wir zum Eismeer kamen und hörten, die Deutschen sind da und da und jetzt dort und dort und sie sind wieder weiter vorgerückt, und noch weiter und immer weiter, waren wir wie gelähmt, und alle dachten: Sie sind nicht aufzuhalten. Keine Macht der Welt kann sie aufhalten. Man kannte sie doch, man war doch selber halb einer von ihnen. Als Kinder, wenn wir Verstecken spielten, haben wir mit ihren Reimen abgezählt: ›Ich und du, Müllers Kuh‹ und ›Ist die schwarze Köchin da? Ja, ja, ja‹. Kennen Sie ›Dreimal muß ich rummarschieren, 's vierte Mal den Kopf verlieren, 's fünfte Mal komm mit!‹? Ich hab' es in ihrer Sprache gesungen, und ich hab' in ihrer Sprache gedacht. Der Vater hatte in Wien gelebt. Als er auf seinem Sterbebett lag, hat er sich eine Kapelle kommen lassen, die haben spielen müssen aus dem ›Land des Lächelns‹, ein Potpourri.

Weiß Gott, an was es ihn erinnert hat. Man kannte einander und man glaubte, man kannte einander gut.

Da kam vor dem Krieg einer aus Hitlerdeutschland in unsre Straße und hat erzählt, was er gesehen hat und was man dort mit unsren Leuten macht. Und wir standen um ihn herum und hörten und hörten, und auch der Sohn des Synagogendieners hörte ihm zu. Wenn sie kommen, sagte der aus Deutschland, dann laßt alles stehen und liegen, nehmt eure Kinder und rettet euch, laßt das Brot auf dem Tisch, laßt den Mantel am Haken, rettet euch! Aber der Sohn vom Synagogendiener lächelte, und als man ihn fragte, warum er lächelt, sagte er: Weil so, wie der erzählt, kann es nicht wahr sein. Und warum kann's nicht wahr sein? Wissen Sie, was er sagte? Er sagte: Weil die Deutschen tun so etwas nicht. So weit ging es, verstehen Sie? Die Deutschen tun so etwas nicht. Das sagte der Sohn vom Synagogendiener. Wir haßten sie mit ganzer Seele, als sie den Krieg anfingen. Wir sagten: Kommt kein Hagel und erschlägt sie? Oder keine Sintflut und ertränkt sie? Und heimlich dachte man: Tja, die Deutschen! Das war grauenhaft, grauenhaft war das, meine Dame! Und uns grauste. Aber mein Freund, der Maschinist, der kannte so was nicht. Sie kommen nicht über die Stadt hinaus, sagte er, bleib. Und wenn sie kämen, sie müßten waten im Blut bis hierhin – und er legte seine flache Hand ans Kinn – bis hierhin. Und in diesem Augenblick dachte ich ohne viel Aufregung und ohne einen Luftholer lang gegen irgend etwas ankämpfen zu müssen: Es ist gut, ich bleib'. Und kommt kein Hagelschlag und keine Sintflut, dann wird mein Blut fließen mit dem der andern. Und die Deutschen werden in unserm Blut ersticken. Und ich hatte alle Furcht verloren. Und das war noch bevor wir die sibirischen Regimenter kommen sahen zum Entsatz für die Stadt. Wer das nicht sah, mein Kindchen!

Sie haben gesungen, viele hatten keinen Helm, einen kleinen Beutel mit dem Notgepäck auf dem Rücken. Sie lebten Tage und Wochen von Zwieback, sie liefen zum Fluß hinunter und schöpften Wasser und weichten den Zwieback darin auf. So haben sie ihn gegessen, mit Wasser aus der Wolga. Und trotzdem, es soll kein Mensch auf unserer Welt eine solche Zeit noch einmal erleben. Nicht noch einmal!

Frau: »Es wird sich auch nicht wiederholen. Die Menschheit ist klüger geworden.«

Mann: »Sind Sie sich dessen sicher?«

Frau: »Ja.«

Mann: »Die Menschheit! Sagen wir: die Menschen. Sagen wir: viele Menschen. Sagen wir: sehr viele Menschen. Ja – das ist besser: sehr viele Menschen sind klüger geworden. Oder sagen wir nicht ›klüger geworden‹, sagen wir: sehr viele Menschen haben gelernt. Aber auch das ist vielleicht zuviel gesagt. Sie haben gelernt, ihre Feinde von ihren Freunden zu unterscheiden. Lassen wir's damit genug sein. Es ist schon viel, wenn das erreicht ist. Bei mir hat's lang genug gedauert. Gemerkt hab ich's bei der Musterung im dreiundvierziger Jahr, nach Stalingrad. Da hieß es, wir stellen wieder eine Armee auf, eine polnische Armee unter einem polnischen General. Mitten in Rußland. Die Armee, hieß es, sollte über Vorderasien nach Afrika zu den Engländern ziehen und dort gegen die Deutschen kämpfen. Diese Generäle wollten nur mit den Engländern, nicht mit den Russen. Es wurde eine Musterung angesetzt. Ich bin hingegangen, obwohl, ganz wohl hab' ich mich dabei nicht gefühlt. Mehr – ich hab' mich sehr elend gefühlt. Und wenn auch die Zeit am Eismeer die schönste Zeit war – ich war gerettet worden, lebte, ich hatte einen Freund gefunden, ich hatte zu essen, ein Dach über dem Kopf, eine Decke und eine Ofenbank zum Schlafen. Und jetzt, als das Land aus seinen vielen Wunden blutete, jetzt sollte man es verlassen? Das war nicht fein gehandelt – geben Sie's zu! Und doch bin ich zur Musterung gegangen. Wie ich Ihnen schon anfangs sagte, habe ich die Handelsschule besucht. Garne und Gewebe. Ich hab' nie mehr besessen als zum Essen, Trinken und Mietezahlen nötig war – aber ich fühlte mich als Kaufmann. Und mir war ein Kaufmann in Manchester eben näher als die Leute, die mir das Leben gerettet haben. Es ist schrecklich, wenn man das so sagt, aber es ist die Wahrheit.

Frau: »Über alles das hat noch nie jemand mit mir gesprochen.«

Mann: »Darüber spricht man sonst auch nicht.

Nur wenn man sagen kann: Erinnerst du dich daran oder daran, spricht man davon. Aber es werden immer weniger, die sich so unterhalten können über damals. Aber wie sollen sie verstehen, wie durcheinander es in der Welt zuging und wie es in den Leuten zuging. Wie sollen sie überhaupt die Welt von damals verstehen? Was ich jetzt sag', ist die Wahrheit. Da ist nichts aus der Phantasie genommen. Ich muß das sagen, weil Sie es sonst nicht glauben könnten. Wie es damals war bei der Musterung. Stellen Sie sich vor. Es kommen Männer, denen es neununddreißig so gegangen war wie mir. Man steht also beisammen, angetreten, ausrichten, warten. Nach einer Stunde kommt ein Auto vorgefahren, und es steigen fünf, sechs unserer Offiziere aus. Als wären sie neununddreißig in das Auto eingestiegen, und jetzt steigen sie aus. Man fühlt eine große Freude im Herzen aufsteigen, und zugleich setzt sich einem ein großer Schreck aufs Gemüt. Wie die sechs auf uns zukamen! Gewienerte Stiefel, wie auf der Marschallkowska zur Promenade, Bügelfalten, Handschuhe, mitten im Sommer, und sie gingen – wie soll ich das erklären – sie hoben ihre Stiefel und ihre gebügelten Hosen durch die Steppe – und jede Bewegung sagte: Das hier ist asiatische Steppe, wir aber sind Europa. Wir gehören nicht hierher. Ich hatte auch so gedacht, als ich zur Musterung ging, aber als sie es jetzt offen zur Schau trugen, ärgerte es mich. Na was, denk' ich, das gehört dazu. Die Hauptsache ist, es wird gekämpft, und wenn sie jetzt fragen, melde ich mich freiwillig. Einer hält eine Rede, daß einem das Wasser in die Augen steigt, und dann tritt ein anderer vor und beginnt zu fragen. Aber was fragt er? Fragt er: Wer will die Heimat befreien? Wer will wo kämpfen? Wer hat die und die Kenntnisse? Nein, so fragt er nicht, meine Dame. Er fragt: Römisch-Katholische – vortreten! Altgläubige – vortreten! Ich glaub', ich hab' mich verhört, Aber es geht so weiter. Griechisch-Orthodoxe – vortreten! Griechisch-Reformierte – vortreten! Ich denk': Wann fragt er nach Freiwilligen – aber er fragt: Litauer – vortreten! Weißrussen – vortreten! Ukrainer – vortreten! Ruthenen – vortreten! Leute aus Tschechisch-Schlesien – vortreten! Zigeuner – vortreten! Auch da treten einige vor. Dann bilden die Offiziere einen Kreis und besprechen etwas. Als hätte er sich eben besonnen, wendet sich einer noch einmal nach uns um und fragt, halb über die Schulter: Ach ja, sind auch Juden dabei? Ich hab' kehrt gemacht und bin fortgegangen. Das ist nicht deine Armee, denk ich, das kann auch dein Polen nicht sein, in dem die regieren. Und doch waren die Offiziere nicht anders, als sie neununddreißig waren. Nur ich war ein anderer geworden in den vier Jahren. Und ich bin von der Wolga zum Bug mit der Roten Armee marschiert und bin mit ihr in Warschau eingezogen. Das war auch schwer, Warschau wiedersehen, und es war kein Warschau mehr. Schwer, meine Dame, sehr schwer, warum hab' ich das alles erzählt?

Ach ja, ob die Menschheit klüger geworden ist.«

Lärm der Gesellschaft.

»Ist eine Maschine gelandet?«

Frau: »Nein, man kommt vom Abendessen zurück!«

Mann: »Jetzt hab' ich Ihnen so viel ungereimtes Zeug erzählt; halten Sie's meinem Alter zugute. Suske heißen Sie nicht zufällig?«

Frau: »Nein.«

Mann: »Das war der letzte Deutsche damals, mit dem ich zu tun hatte. Manchmal spielt ja der Zufall. Sie könnten ja per Zufall seine Tochter sein. Warum nicht.«

Frau: »Nein, ich bin nicht Suskes Tochter.«

Mann: »Ich kannte ihn noch aus meiner Kindheit. Und sechsundvierzig in Bielitz seh' ich ihn. Und wie ich auf ihn zutrete, wird er blaß. Wieso wird er blaß, denk' ich, und sag' ihm: ›Komm in den Hausflur.‹ Er zittert und bringt mit Müh und Not hervor, was die Deutschen in Bielitz damals immer hervorbrachten: Meine Hände sind rein, Gott sei mein Zeuge, ich habe geholfen, wo ich konnte, und so weiter. Ich sag' ihm: ›Wer unter Räubern gelebt hat, hat von Geräubertem gefressen. Aber es hat einmal eine Zeit gegeben, da warst du ein guter Mensch. Geh und fang was Anständiges an.‹ Wär' ich nämlich auf die Straße getreten und hätte gerufen: Leute, bringt ihn zur Wache, ich will wissen, ob seine Hände auch wirklich rein sind – er wäre nicht bis zur Wache gekommen. Aber es war schon so viel Blut geflossen. Darum blieb ich mit ihm im Hausflur und sag' ihm noch einmal: ›Geh nach Deutschland oder was davon übriggeblieben ist, dort wird man jetzt jeden anständigen Menschen brauchen, und wenn du trotzdem ein Lump wirst, dann verzeih' mir Gott, daß ich dich jetzt laufen laß'!‹ Ich hatte zu tun, daß er mir nicht die Hände küßte – blind will ich werden, wenn ich dir das je vergesse! Möge dir und deinen Kindern deine Güte und so weiter. Er hieß Suske und war ein Papierwarenhändler. Vielleicht lebt er jetzt bei Ihnen irgendwo, vielleicht sogar in Ihrer Nachbarschaft. Dann wär' es nicht gut gewesen, ihn damals nicht laufenzulassen. Dann wäre heute ein anständiger Mensch weniger bei euch. Aber wenn aus ihm ein Lump geworden ist? Auch daran denk' ich manchmal. Wenn er alles vergessen hat, denk ich mir, alle Schwüre und alle Beteuerungen? Manchmal träum' ich davon. Als ich ihn laufenließ, hab ich gesagt: Verzeih' mir Gott, wenn du ein Lump wirst. Das hat eine Zeitlang beruhigt. Nicht daß ich gläubig bin! Ich hab den lieben Gott eigentlich nie gebraucht. Man hat ihn sich meistens aufgehoben fürs Ende aller Tage, um jemanden zu haben, der sozusagen das Konto führt, und der einem danach auf die Schulter klopft und sagt: Gut, mein Sohn! Es ist so schön, zu denken, daß jemand da ist, der einem alles, was man erlitten hat, gutschreibt. Aber eines Tages fragt man sich: ›Na schön, wenn es Gott verzeiht – verzeihst du dir's? Und verzeiht es dein Nachbar?‹ Plötzlich fragt statt Gott ein Mensch, den man kennt, ein Bekannter aus dem Betrieb, aus der Straße – da erschrickt man, und der liebe Gott ist einem erst einmal wieder lieber. Denn vor den Lebenden, da zählt nicht, was man gelitten hat – die Lebenden – oder sagen wir einfach – die Leute – sagen: Gut, das Leid war – aber was hast du bisher getan, um neues zu verhüten? Sagen Sie, was Sie wollen – diese Frage, das ist die Unruhe in unserem Leben. Was tut man? Man besucht ein paar Meetings, man unterschreibt ein paar Appelle, man tut seine Arbeit – nun gut. Aber was tut man eigentlich wirklich? Kennen Sie die Tage, an denen man die Arbeit hinlegen möchte, die Türe abschließen und auf den Markt gehen und herumstehen möchte, nur weil einem diese Frage nicht aus dem Kopf geht, kennen Sie das? Wenn es dunkel wird und die Fenster werden hell, und hinter den Fenstern bewegen sich die Leute, und man merkt, das lebt überall, und bald gehen sie schlafen, und man fragt: Ist das wirklich so selbstverständlich, daß man sein Abendbrot ißt und dann einschläft? Um jetzt einmal von mir zu sprechen: Wenn ich mich frage, was habe ich unterlassen, oder wie habe ich vielleicht sogar fahrlässig geholfen, daß alles noch einmal über uns kommt, ich bin ein kleiner Mann, also können es nur kleine Sachen sein – da denke ich oft an Suske. Man hat es vielleicht zu leicht genommen.«

Aufforderungen in polnischer, deutscher und tschechischer Sprache.

»Haben Sie gehört? Die Maschine wird bald starten. Dabei graust mir vor dem Fliegen. Solange das Flugzeug über den Platz rollt, ist in mir alles ruhig. Aber sobald es sich erhebt und man hat unter den Füßen nichts als das bißchen Blech und die Wolken, was ist da größer, die Freude, daß es so schnell vorangeht, oder das Grausen, was alles geschehen könnte? Ich versuch's immer mit der Vernunft. Aber die gleiche Vernunft, die mir tausend Gründe sagt, aus denen nichts passieren kann, sagt mir ja auch den einen Grund, aus dem vielleicht doch etwas passieren könnte. Die Vernunft, meine Dame, beruhigt den Menschen und wirft ihn zugleich in neue Unruhen. Sie zeugt Furcht und frißt sie auf, aber während sie frißt, speit sie schon neue aus. Trotzdem werde ich das nächste Mal selbstverständlich wieder das Flugzeug nehmen. Es wäre doch zum Lachen, sollte sich dieses Gefühl nicht zwingen lassen! Leben Sie wohl, meine Dame, vergessen Sie, was ich Ihnen erzählt habe, oder vergessen Sie es nicht. Wie Sie wollen. Grüßen Sie mir Ihre Landsleute! Es war eine angenehme Stunde, die ich mit Ihnen verbringen konnte. Ich danke Ihnen, daß Sie mir die Ehre gaben und ein Glas Tee mit mir getrunken haben. Ich wünsche Ihnen eine glückliche Reise.«

Frau: »Die Maschinen starteten kurz hintereinander. Eine halbe Stunde später landeten wir in Budapest, aber ich habe ihn dort nicht mehr gesehen. Ich denke oft an diesen freundlichen guten Menschen, und ich wünsche ihm ein glückliches und langes Leben.«

Eine Böhmische Geschichte

In einem der letzten Jahre des neunzehnten Jahrhunderts segnete der Deutschböhme Breitinger das Zeitliche und hinterließ seiner Witwe zweihundertvierzig Quadratmeter Gartenland, darauf ein schuldenfreies Häuschen und einen Sohn, der das Schneiderhandwerk betrieb. Nach der in Böhmen üblichen Trauerzeit nahm die Witwe Breitinger Beziehungen zu einem anderen Deutschböhmen auf und brachte nach neun Monaten einen schmalen, aber zähen Burschen zur Welt, der seine Mutter liebte und sein Geld als Kutscher und Kohlenausträger verdiente. Als die Witwe zu kränkeln anfing, begab sich der erste Sohn vor Gericht und beantragte, seinen Bruder zu veranlassen, den Mädchennamen seiner Mutter anzunehmen und die Rechte auf das Häuschen ihm, dem ehelichen Sohn Breitinger, zu übertragen. Und so wurde entschieden. Der Mädchenname der Mutter aber war Procházka.

Der nachgeborene Uneheliche lebte inzwischen als Kutscher in einer entlegenen nordböhmischen Stadt und scherte sich um all das nicht, sondern trug weiter den Namen Breitinger, bis der österreichische Kaiser die Mobilmachung verkündete. Da stieß die Militärbehörde auf den richtigen Namen, klärte den Fall auf und zog den nordböhmischen Kutscher zur Fahne des Kaisers ein unter dem Namen Procházka. Vorher ehelichte er noch schnell eine stämmige Deutschböhmin, gab ihr den neuen Namen, überstand den Krieg und zeugte fünf Jahre nach der letzten Schlacht mit ihr einen ebenfalls strammen Sohn, der auf Vorschlag des Pfarrers weder Franz noch Josef noch Wilhelm nach einem der besiegten Kaiser, sondern auf den melodischeren Namen Gottfried getauft wurde.

Gottfried Procházka war ein aufgeweckter Junge. Man beobachtete schon bald, daß er eine besondere Art von Neugier auf Bücher zeigte, weshalb er, da in seiner Familie Bücher nicht vorhanden waren, oft den Nachbarn aufsuchte, in dessen Regalen viele Bücher zu finden waren. Eines Tages fand Gottfried in einem der Bücher ein Bild, das zeigte, wie ein Kaiser von einem Adligen zum König gekrönt wurde. »Wie das?« fragte Gottfried und erhielt zur Antwort: »Du siehst hier den österreichischen Kaiser, der diesen ungarischen Adligen noch kurz vorher zum Tode verurteilt hatte, weil der in eine Angelegenheit verwickelt war, die Hochverrat bedeutete, obwohl er mit der Gattin des Kaisers ein inniges Verhältnis hatte. Aber dann hat der Kaiser die Verschwörer begnadigt. Allerdings nannten alle Ungarn den Kaiser nur kurz und einfach nicht Herr Kaiser sondern Herr Procházka, weil er, wenn er schon einmal Ungarn besuchte, nichts anderes machte als Spaziergänge in irgendwelchen Parks, und Procházka heißt auf böhmisch, wie du weißt, nichts anderes als Spaziergang. Du trägst also den Spitznamen eines Kaisers. Vergiß das nie!«

Gottfried vergaß es nie, aber benutzte es nicht, denn der Kaiser war schon lange tot und die Deutschböhmen, zumindest die allermeisten von ihnen, strichen das Wort Böhmen radikal aus und nannten sich lieber Sudetendeutsche und kamen als solche auch wunschgemäß ins Deutsche Reich. In dieser Zeit traten eines Tages zwei Herren vor die Familie Procházka und erklärten ihr, daß eine neue Zeit angebrochen sei, in der Slawisches im

Deutschen Reich nicht mehr tragbar sei, weshalb Namen wie Procházka, noch dazu mit dem Dehnungsstrich über dem A und dem Z statt des S, für deutsche Menschen nicht mehr zugelassen sind. Man schlug der Familie vor, sich einfach Prosch zu nennen. Aber die Familie war, im Sinne auch der Ahnenehrung der Meinung, den Namen Procházka behalten zu wollen. Die Herren gingen und hinterließen den Bescheid, es sei gestattet, die böhmische Schreibung behalten zu dürfen, allerdings mit dem Dehnungszeichen über dem A und dem slawischen Z statt des deutschen S. Gottfried trug also zusätzlich zu seinem Kohlenträgerberuf den slawischen Spitznamen des toten Kaisers von Österreich, auch noch den slawischen Namen seiner Großmutter, aber die Trinkgelder waren reichlich, und die Welt hatte ihre Ordnung. Einmal schleppte er Kohle in den Keller einer Frau, die im dunklen Verdacht bei ihren Nachbarn stand, politisch nicht ganz einwandfrei zu sein. Man kam ins Gespräch, und Gottfried antwortete auf die Frage, was er werden wolle, er sei und bleibe Kohlenträger wie sein Vater. Das sei aber nicht gut für die Zukunft, sagte die Frau, denn nach dem Krieg werde man kluge Jungen brauchen. Wissen werde gefragt sein. Es ist doch tiefer Frieden, dachte Gottfried, doch der Gedanke beschäftigte ihn trotzdem, und er meldete sich eines Tages in einer der örtlichen Gewerbeschulen an und staunte, wie leicht ihm das Lernen fiel, und daß es ihm so viel Spaß machte. Der Krieg kam schneller, als er gedacht hatte, und kam erfolgreich für das Reich, und Gottfried dachte öfter an die Worte der freundlichen Frau.

Als der Krieg das dritte Jahr erreicht hatte, wurde Gottfried Procházka eingezogen und kam nach kurzer

Ausbildung in die Ukraine, wo ihm die Russen ins Bein schossen, was ihn in ein Lazarett führte, das am Wolchow lag; und weil das Bein nicht wieder zusammenwachsen wollte, über weitere Lazarette nach Dresden. Als das Bein endlich wieder verwendungsfähig war, schickte man ihn auf den Balkan in eine Gegend, die sich Kosovo nannte. Der Aufenthalt dort war unangenehm wegen der Partisanen, aber als die Amerikaner in der Normandie landeten, erhielt seine Einheit den Marschbefehl nach Frankreich, was eine erfreulichere Zukunft erhoffen ließ. Bis Wien ging es zügig voran, aber dort lenkte die Truppe ein neuer Befehl nach Schlesien, wo man den Soldaten der Roten Armee schon sehr nahe war. Eines Nachts verspürte Gottfried den Drang, seine Notdurft zu verrichten und verließ sein feldmarschmäßiges Zelt. Auf dem Weg zu seinem Ziel erreichte ihn ein jäher Stoß eines sowjetischen Seitengewehrs an einer sehr unteren Stelle seines Bauches. Aber noch konnte er, zwar behindert, in die Gefangenschaft laufen.

Den Marsch bis in einen Wald bei Smolensk überstand er einigermaßen, als er aber anfing mit der schweren Eisenbahnschienenarbeit, brach er zusammen. Der Arzt stellte neben der Bauchwunde auch Tuberkulose fest und übergab ihn einem LKW, der ihn in ein Lazarett brachte. Den Transport überstand er leidlich, aber als er sah, wo er angekommen war, sah er, daß der Ort Auschwitz hieß. In der einen Baracke, die mit Stacheldraht umwickelt war, wurden die deutschen Verwundeten eingewiesen, in der gegenüberliegenden Baracke wohnten noch nicht abtransportfähige jüdische Überlebende des Lagers. Wer sich dem Zaun näherte, wurde beschossen. Aber es vollzog sich dort etwas für deutsche Soldaten

Unglaubliches. Nachts, wenn es dunkel genug war, warfen die jüdischen Lagernachbarn von dem Brot, das man ihnen in mehr als genügender Menge zukommen ließ, Überflüssiges über den Stacheldraht. Erst wollte man es nicht glauben, aber bald wartete man mit Sehnsucht und Dankbarkeit und teilte es aufs Gramm genau unter den deutschen Verwundeten auf. Trotz allem aber nahmen bei Gottfried die Tuberkulose und der Eiter in den Wunden zu und bald hielt er einen Entlassungsschein in der Hand. Vor dem Lazaretttor war das erste, was ihm die Wachen abnahmen, die Marschverpflegung; als nächstes flog er aus dem Bahnabteil, aber er erbettelte sich bei mitfahrenden Russen einen schmalen Eckplatz und erreichte so Breslau. Dort wurden allen Deutschen die Entlassungspapiere abgenommen und Kohlebergbaugruppen zusammengestellt. Gottfried ließ, statt das Papier zu zeigen, die Hose herunter und führte seine Bauchwunde vor. Man schob ihn in einen westwärts fahrenden Zug und warf ihn in der Gegend von Guben aus dem Abteil. Den Rest müsse er zu Fuß hinter sich bringen. Es war September, und in den Wäldern wuchsen Pilze jeder Sorte. Man sammelte sie töpfeweise ein und kochte sie abends über dem Lagerfeuer. So gelangte er nach Zittau.

Das Herz wurde Gottfried weich, als er den Jeschken sah mit der Baude obendrauf, die er als Kind mit dem Vater und später in Begleitung verschiedener Mädchen erfolgreich bestiegen hatte. Das war die Heimat, die verlorene, drei Wegstunden entfernt stand das Bett, in dem er einundzwanzig Jahre lang selig süß geschlafen hatte. Er erstand einen Briefumschlag, lieh sich einen Bleistift und schrieb einen Brief an seine Eltern, in dem er sie um Schuhe, Hemden, Unterwäsche und einen Anzug bat, setzte sich in den Bahnhof und betrachtete die nach Liberec Fahrenden, um jemanden zu finden, den er um die Freundlichkeit bitten könnte, den Brief drüben zu frankieren und in den Briefkasten zu stecken, beziehungsweise die Eltern aufzusuchen. Ganz am Ende sah er einen Mann, dem er sich anzuvertrauen können glaubte. Es war ein Pole, der jenseits der Schwarzen Neiße wohnte. »Mach' ich«, sagte der und bestellte den Deutschen morgen an dieselbe Stelle, und am nächsten Tag stand um die gleiche Zeit an derselben Stelle der Mann mit einem Koffer. Auf dem Männerabort zog sich Gottfried um, bedankte sich für die großherzige Hilfe, der Mann bedankte sich für die großherzige Trinkgeldgabe der Eltern, wünschte alles Gute und schritt davon, Richtung Schwarze Neiße. Gottfried besah sich in frischer Unter- und Oberwäsche, fand sich schick und begab sich an den Grenzschlagbaum und wartete, bis ein LKW voller Russen anhielt. Er fragte, ob sie ihn nach Liberec mitnehmen, sie zogen ihn an Deck, und hüpfenden Herzens fuhr er los, den Eltern entgegen. Der tschechische Kontrollposten allerdings war nur zweihundert Meter weiter, man fragte, wer der fesche Zivilist unter den Soldaten wohl sei, und als man in den kyrillischen Buchstaben las, daß es sich um einen Deutschen mit Namen Procházka handelte, lud man ihn ein zu einem Spaziergang ins unweit gelegene Gefangenenlager.

Im Lager fand man einen, der sich aus einem Wald bei Smolensk im Konfirmationsanzug in ein tschechisches Gefangenenlager begibt, der Beachtung durchaus wert, man versammelte sich vor seiner Baracke und ließ ihn sein Schicksal oft und ausführlich erzählen. Tagsüber fällte er, mit einer großen Säge ausgestattet, Bäume des böhmischen Waldes, von dem die Verse der böhmischen Staatshymne als von den schönsten vor allen anderen singen. Nach kurzer Zeit aber stellte sich ein, was sich in allen Lagern einstellte, der Typhus. Gottfried fing ihn sich sofort ein, verlor von Tag zu Tag mehr Gewicht, mehr Kraft, und bald verlor er auch alle Hoffnung, lebend zu überstehen, hockte vor seiner Baracke in Erwartung des Abgangs. Einmal hörte er seinen Namen rufen und vor ihm stand ein dünnes Bürschchen mit fröhlichem Gesicht. »Kennst mich denn nimmer, Gottfried? Ich bin doch der Konarek Alois aus der Hohen Tatra, der Zipser, dem Du neununddreißig das Hemd geschenkt hast. Ich hab mir doch damals am Ersten Mai eingeschissen, erinner Dich! Weil ich an dem Tag zum ersten Mal in meinem Leben Semmeln mit dick Butter und Bohnenkaffee bekommen habe, und das hab' ich noch nie in meinem Leben gegessen, und Du hast mir ein Hemd geschenkt, und auf einmal hatte ich da eins zum Wechseln und hab' gesagt, Gottfried, das vergess' ich Dir nie, nie! Jetzt geht's Dir nicht besonders gut, seh ich, aber ich melk' jeden Tag für einen Bauern zwölf Küh' und dafür gibt er mir einen Liter Milch, und den bring' ich Dir jeden Abend, und in zwei Wochen bist Du wieder gesund.« Und das Wunder geschah. Abends brachte Konarek den ersten Liter Milch und dann jeden Abend, und Gottfried kam ins Leben zurück, und als die Verwundeten in ein richtiges Lazarett transportiert wurden, war er dabei und kannte die Strecke ganz genau, denn in der kurzen Zeit, in der, schon im Krieg, getanzt werden durfte, ist er die Strecke oft gefahren, weil ein Mädchen dort auf ihn wartete, die er seither im

Herzen trug. Er nahm im Waggonabort Platz, wartete auf die Stelle, an der der Zug wegen einer Steigung am langsamsten fuhr, und als sie da war, schob er sich aus dem Fenster, ließ sich auf den Schotter rollen, und als die Schmerzen wieder nachließen, machte er sich auf den Weg zu seiner Liebsten, die nicht weit von der Bahn wohnte und auch sehr gut tschechisch sprach, denn ihr Vater war schon im Ersten Weltkrieg Lokomotivheizer und wollte, als die böhmischen Bahnen tschechisch wurden, gern Lokomotivführer werden und fragte seinen Herrn Chef, und der sagte: »No, aber nichts leichter als das! Sie machen einen Lehrgang und bestehen ihn, und schon sind Sie Lokomotivführer.« Und so geschah es, aber er mußte auch weiter Heizer sein. »Wann darf ich denn Lokomotivführer sein«, fragte er den Chef. »No, aber nix leichter als das! Schicken Sie Ihr Töchterchen statt in die deutsche Schule in die tschechische Schule, und schon sind Sie Lokomotivführer!« Und deswegen spricht die Tochter so gut tschechisch. Als Gottfried ins Haus des ehemaligen Lokomotivführers trat, war die Freude groß. Als er seine Eltern umarmte, war sie noch gewaltiger. Aber die Mutter ließ seinen Namen gleich in die Aussiedlerliste eintragen, und eine Woche später stieg er mit Mutter und Vater und dem Buch der Kaisergeschichte in den Viehwaggon, der ihn in der deutschen Stadt Zeitz wieder entließ, wo man über die Umsiedler aus Böhmen nicht allzusehr erfreut war.

»Dein Beruf?« fragte ihn jemand. »Gewerbeschule«, sagte er. »Ein Studierter!« sagte jemand. »Dann wirst Du Lehrer.« Das freute Gottfried, denn lebensmittelkartenmäßig bekamen Lehrer Arbeiterkarten. Aber als er seine Anmeldungskarte sah, erschrak er zutiefst. Er hieß da Prohaska ohne C und ohne Dehnungs-A und S statt Z! Die Frau sagte: »Ich hab's so geschrieben, wie Du es mir gesagt hast, und so wie das andere kann es hier eh keiner aussprechen. Und so blieb es, und so ist's bis heute geblieben. Er überwand die Tuberkulose, und die Bauchwunde schloß sich, die Kinder liebten ihn, denn er konnte so schön schöne Geschichten erzählen, besonders solche aus der Geschichte. Das hatte zur Folge, daß man ihm vorschlug, erst einmal Geschichte zu studieren, und weil immer zwei Sachen studiert werden mußten, kam noch Philosophie dazu, weshalb er einen Doktorgrad in beiden Disziplinen erhielt. Aber eines Tages fuhr ihm ein sehr stabiles Auto in seinen Trabanten, was nach einer Operation und nach einer zweiten dazu führte, daß er in einem Rollstuhl sitzen mußte, und weil er im Laufe der Jahre ein immer berühmterer und staatlich sehr geehrter Lehrer geworden war, erhielt er, als der Staat zu existieren aufgehört hatte, eine sehr gekürzte Rente. Als ich mich von ihm verabschiedete, sagte er: »Bitte betrachte mich als etwas Besseres, denn ich trage das Wort Gott und Frieden mit mir herum und den leider etwas verhunzten Namen eines Kaisers, aber sitze gelähmt auf meinem Arsch und wäre ohne die liebevolle Pflege meiner liebevollen Frau nichts als ein hilfloser Alter. Vergiß das bitte nicht, mein Lieber.«

Ich werde Dich nicht vergessen, so lange ich lebe, dachte ich, während ich in den Lift stieg, und wäre ich nicht schon so alt und hätte noch viel Zeit vor mir, ich schriebe alles, aber auch alles von Deinem Leben auf, was Du mir erzählt hast, aber da käme ein Buch oder es kämen zwei Bücher zustande. Also lasse ich es sein. Leb wohl, lieber Genosse.

Das Grandhotel »Silberner Adler«

Im August des Jahres Neunzehnhundertachtunddreißig stieg die Besitzerin des nordböhmischen Grandhotels »Silberner Adler« mit ihrem zwölfjährigen Töchterchen in den Orientexpreß nach Budapest und begab sich dort in die jugoslawische Stadt Novi Sad nahe der ungarischen Grenze in die Obhut ihrer seit vielen Jahren in dieser schönen Stadt wohnenden Schwester. Sie hatte die Reise auf sich genommen, um noch vor dem Einmarsch der deutschen Wehrmacht Böhmen verlassen zu haben, denn sie gehörte zu der bekannten und wohlhabenden jüdischen Familie Edelstein. Die Edelsteins besaßen neben dem »Silbernen Adler« das größte Lagerhaus mit Damen- und Herrenunterwäsche. Seit der Besetzung Österreichs durch die Deutschen waren der Familie immer neue Briefe zugegangen mit Zeichnungen von Hakenkreuzen, Galgen und völkischen Drohungen für die Zeit nach dem Anschluß ans Großdeutsche Reich. In Novi Sad bezog die Hotelierin ein Zimmer in dem Viertel, das die Einheimischen das Viertel der Donauschwaben nannten, weil sich dort vor sehr langer Zeit viele Deutsche niedergelassen hatten, deren Vorfahren mit Schiffen auf der Donau ins Land gekommen waren.

So sehr dem Töchterchen Stadt und Umgebung gefielen, denn hier irgendwo in der Nähe hatte der edle Ritter Prinz Eugen eine Brücke schlagen lassen, auf der er konnt' wohl rüber rucken gegen die Türken und große Siege feiern über den osmanischen Feind, so wenig gefiel es der Regierung in Belgrad, daß ausgerechnet dort an der Grenze so viele Deutsche siedelten. Sie bemühte sich angesichts immer unsicherer werdender Grenzen in Europa, recht viele dieser Deutschen ins Großdeutsche Reich oder nach Ungarn loszuwerden. Immer öfter fanden Razzien statt, Zwiste flammten auf aus immer undurchschaubareren Anlässen. Die Schwester der Zugereisten aber war mit einem Herrn befreundet, der in der serbischen Fremdenpolizei diente und der die aus Böhmen Geflohene beizeiten informierte, wenn Gefahr nahte, und der auch jedes Mal günstig gelegene Fluchtorte vermittelte in der Umgebung der Stadt. Bald aber war abzusehen, daß die inzwischen ins Deutsche Reich eingegliederte Hotelierin in immer größere Gefahr geriet, und so vermittelte ihr der Fremdenpolizist die Bekanntschaft eines ansässigen Herrn namens Selakovic, und der erklärte sich bereit, die aparte böhmische Dame, Mitte dreißig, von höchst angenehmer Erscheinung und ausgestattet mit der Kultur einer zentraleuropäischen Hotelierin, zu ehelichen. Die Trauung fand statt, sobald die Braut zum Glauben der Altkatholiken übergetreten war.

Da die Neuvermählte aber von dem im nordböhmischen »Silbernen Adler« zurückgebliebenen Gatten arischer Herkunft noch gar nicht geschieden war, begab sie sich, jetzt als jugoslawische Staatsbürgerin, wenige Tage nach dem Einmarsch der deutschen Wehrmacht, in das sudetendeutsche Reichsgebiet, das zu Zeiten ihrer Geburt noch Kronland des Kaisers in Wien gewesen war, und stieg in der Weltbadestadt Karlsbad ab, um sich dort unter einem Regenschirm auf einer Parkbank vom Neffen ihres arischen Gemahls juridisch einwandfrei scheiden zu lassen. Am Tag darauf brach sie aus Karlsbad auf, wo sie fürchten mußte, guten Bekannten zu begegnen. Sie nahm einen Kuraufenthalt in Kolberg in Pommern, den sie im Sommer des nächsten Jahres abbrechen mußte, weil sie von der jugoslawischen Botschaft dringend aufgefordert wurde, das deutsche Reich wegen drohender Kriegsgefahr zu verlassen. Sie stieg also Mitte August des Jahres Neunzehnhundertneunundreißig wieder in den Orientexpreß nach Budapest, begab sich von dort nach Novi Sad, fiel dem Herrn Selakovic dankbar in die Arme und durchlebte mit ihm die folgenden anderthalb Jahre verhältnismäßig glücklich und zufrieden. Dann aber fiel die Wehrmacht des Deutschen Reiches, der sie vor zwei Jahren mit so großem Geschick entronnen war, in Jugoslawien ein. Herr Selakovic meldete sich zur Königlichen jugoslawischen Armee, aber noch bevor er die Front erreicht hatte, war er Partisan unter dem Kommando des Mannes, der aus dem Moskauer Exil zurückgekehrt war, und kämpfte tapfer an Titos Seite, zeichnete sich in vielen der blutigen Einsätze als Partisanenoffizier aus, überstand den ersten und den zweiten Winter unverletzt, geriet aber, als die Niederlage der Deutschen schon absehbar war, bei der Überquerung eines Flusses in deutsches Artilleriefeuer, wurde verwundet und ertrank, weil er nicht schwimmen gelernt hatte. Seine nordböhmische Frau lebte noch immer in Novi Sad und hoffte, das Ende des Krieges hier zu erleben. Aber immer öfter kamen ungarische Pfeilkreuzer, Verbündete der Deutschen, über die Grenze und suchten nach Leuten, die als Juden bekannt waren. An einem Morgen trieben sie alle, derer sie habhaft werden konnten, an die Donau, schossen sie nieder und warfen die Toten, weil sie keine Gruben ausheben wollten, in den Fluß. Einen Tag später machte sich die Hotelierin auf den Weg nach Budapest. Sie gab sich als Donauschwäbin aus, deren Papiere verloren gegangen waren. Alles ließ sich gut an. Ihre Schwester hatte ihr eine Stelle als Kindermädchen bei einer vornehmen und sehr reichen Familie beschaffen können. Allerdings durfte sie nicht im Hause der Reichen wohnen. Also nahm sie Quartier in einem Haus, das zum jüdischen Viertel gehörte. Aber die Stadt war überfüllt, man mußte glücklich sein, ein Dach über dem Kopf, Arbeit und ein Taschengeld zu haben. Lästig waren nur die amtlich verordneten Impfungen, die, wie man hörte, der Gesundheitsförderung galten, aber wer sich weigerte, diese lästigen Injektionen an sich vornehmen zu lassen, lief Gefahr, polizeilich erfaßt zu werden. Man nahm alles auch nicht mehr allzu ernst, denn die Front näherte sich der Grenze Ungarns, man hörte bereits nachts die Geschütze der Roten Armee.

Eines Tages aber trieben Pfeilkreuzler die Frauen der jüdischen Gegend zusammen, und es begann ein Marsch in Richtung Österreich, wo die Deutschen sich anschickten, die Ostmark und das Reich zu verteidigen. Dort an die Deutschen übergeben zu werden, hieß, in eines der noch voll arbeitenden Todeslager eingeliefert zu werden. Über den Frauen zogen sowjetische Kampfflugzeuge westwärts. Nach einigen Tagen war die österreichische Grenze erreicht. Wie erstaunt waren die Frauen, als der Pfeilkreuzler den Damen mitteilte, sie könnten jetzt tun und lassen, was sie wollten, seine Uniform ab- und ein schneidiges Zivil anlegte und unter den Ostmärkern verschwand. Die Frauen fielen einander um den Hals und schlugen sich nach Budapest durch, das inzwischen von der Roten Armee besetzt worden war. Die Hotelierin und ihre Schwester zogen in die Wohnung eines geflüchteten Drogisten, verkauften, was das Warenlager hergab. Als die letzten

Cremedosen, Lippenstifte und Heilkräuter abgesetzt waren, hatte sich der Herbst eingestellt, die Behörden amtierten wieder, und in der Witwe lebte kein anderer Wunsch, als mit den nötigen Papieren versehen zurück in die als schönsten Erdenflecken erinnerte nordböh≠mische Heimat zu reisen. Dort sollte das wahre Leben an der Seite des geschiedenen Ariers und jetzt wieder≠gefundenen Mannes mit der geliebten Tochter nach so langen verzweifelten Jahren endlich beginnen. Sie stieg in den Zug nach Preßburg, von da nach Brünn, weiter nach Prag, und am späten Abend endlich in den Per≠sonenzug, der sie in die Stadt des »Silbernen Adlers« bringen sollte. Sie fuhr durch die vertrauten kleinen Städte und Dörfer, las die tschechischen Namen der Stationen über den ausgestrichenen deutschen Benen≠nungen, und ihr Herz schlug schneller. Sie spürte die Anstrengung der Lokomotiven, die Berge zu bewälti≠gen, die sich rund um die Stadt erhoben, lehnte sich zurück an das harte Holz der Bänke und erinnerte sich der Rufe jener kleinen Piccolos, die einst, sobald der Zug zum Halten kam, weithin die Waggons entlang zu hören waren, in tschechisch und deutsch – »pitna voda« – »Trinkwasser«, »pivo« – »Bier« und »heiße Würstchen« anboten. Das Herz begann ihr schneller zu schlagen. In weniger als einer halben Stunde wird sie nach sechs Jahren der Ewigkeit aus dem Zug steigen, durch den kachelbeschlagenen Gang die Bahnhofshal≠le betreten, durch die sie damals, das Töchterchen an der Hand, zum Zug eilte, der sie zum Balkanexpreß brachte und von dort nach Novi Sad. Bald wird die Bahnhofstraße vor ihr liegen, in hellem Licht, die ver≠trauten Geschäftshäuser rechts und links, das neu ge≠baute Hotel, den Namen des »Silbernen Adlers« aber nicht im geringsten gefährdend, dann die Stahlbrücke über den Fluß mit dem von den Färbereien verschmutzten Gewässer, dann über den Tuchplatz mit dem hochmodernen gläsernen Schuhhaus der Weltfirma BAT'A, siebenstöckig, dem Bürogiganten des Bürohauses »Donauhof« gegenüber, vor dem noch in ihrer Kindheit auf einer Wiese in einem Holzschuppen die Stoffe nach dem Färben getrocknet wurden, die steile Geschäftsstraße hinauf zum Rathaus, dem Stolz der Bürger, das ihr immer wieder heimliches Herzklopfen und wehe Erregung hervorgerufen hatte in den Jahren des Exils. Vor hundert Jahren war es in nachempfundenem Renaissancestil, vermischt mit neugotischen Elementen, erbaut worden, dem Rathaus zu Wien in kühnen Vergleich gesetzt, Zeichen der Wohlhabenheit der Stadt des nordböhmischen Textils. Ein Bild dieses Wahrzeichens der Stadt hatte sie auf allen Irrwegen der wirren Jahre begleitet. Nie hatte sie seine Türme und Verzierungen, seine Nischen an Wänden und den höheren Etagen, seinen Zierat über Türen und Toren und Balkonen anders als in Rührung und Heimweh betrachten können. Und dann wird sie sich nach rechts wenden, den barocken Lauben zu, an deren Ende sie den tief ins jahrhundertealte Gemäuer eingezogenen Geruch der Räucherei wahrnehmen wird, in der schon die Großeltern und Vorahnen Räucherwürste und Geselchtes kauften, und von dort wird das Schloß zu erblicken sein, fünfhundert Jahre alt, der Geschichte Österreichs zugehörig, eingebunden in die blutigen Fehden kaiserlicher Feldmarschälle, in den Geschichtsbüchern genannt, bei Schulprüfungen nie vergessen, und dann, dem Schloß gegenüber, die Fassade des »Silbernen Adlers«, seine erleuchteten Fenster, sein machtstolzes Portal, zu dem sie emporsteigen wird, die Hand am Ziergeländer aus glänzendem Messing, in den Scheiben sich spiegelnd die marmornen Treppen hinauf, die einst der Stolz des Erbauers waren, des seligen Edelsteingroßvaters. Und dann wird sie das mit gemeißeltem Mauerschmuck fast überladene Eingangsportal durchschreiten, das Vestibül betreten, tief, tief den seit ihrer Kindheit unvergessenen Geruch des Hauses einatmen, und das Glück ihres Lebens wird wieder in ihr sein. Endlich hielt der Zug. Ihre Schritte hallten von den Kacheln des Ganges wider, denn sie war die einzige Passagierin, die hohe Absätze trug. Am Ausgang der Halle mußte sie sich ausführlich ausweisen, denn Deutsche durften nur mit besonderer Genehmigung der Behörden die Bahn benutzen und das Tschechisch der Jugoslawin war nicht frei von deutschem Akzent. In der Wachstube prüfte man deshalb sehr gründlich und ohne jede Freude ihre Exilpapiere, und es war eigentlich nur der Name des gefallenen jugoslawischen Tito-Offiziers Selakovic, der alle ungeklärten Fragen fürs erste beantwortete.

Die Bahnhofstraße war dunkel, die Färbereigewässer rochen intensiver als je, das BAT'A-Glashaus hatte alle Lichter abgeschaltet, die steile Straße zum Rathaus war menschenleer, das Rathaus lag in nächtlichem Dunkel, die Räucherei unter den Lauben war leer geräumt und ohne Jahrhundertduft, das Schloß nur dem erkennbar, der wußte, daß der mächtige Koloß das Wahrzeichen der Stadt ist, ihm gegenüber der »Silberne Adler« zeigte wenige Lichter in wenigen Fenstern. Die Heimgekehrte stieg die Marmortreppe hoch, die mit einem etwas verbrauchten Laufteppich versehen war, spürte in ihren Lungen eine gewisse Schwere, die elegante Flügeltür mit den geschliffenen Scheiben war verschlossen, sie betätigte die Nachtglocke, sah, wie eine etwas füllige Frau sich näherte, wurde gefragt, ob sie im Besitz eines Gastausweises sei, sagte, mit dem Versuch einen etwas heiteren Eintritt zu vollziehen, sie sei zwar kein Gast, wolle aber ein solcher werden, wurde eingelassen und zum Kabinett des Nachtportiers geführt. Der drehte sich ihr halb zu, fragte sie in einem Tschechisch, dem man anhörte, das es noch zu Kaisers Zeiten in Wien erlernt worden war, nach ihrem Dokument, und als sie nichts antwortete, sondern ihm nur stumm ins Gesicht sah und auch weiter stumm blieb, sah er sie, die Brille aufsetzend, aus der Nähe an, und sie hörte ihn im heimischen Akzent sagen: »Jesus, die Gnädige Frau.« Und mit einem Zittern der Stimme fügte er hinzu: »Jetzt wird alles wieder gut.« Er ließ die Gnädige Frau in seine Loge treten, schaltete die Empfangslampe aus und im vertraulichen Dunkel saßen die beiden bei leise in deutsch geführten Gesprächen beieinander und konnten nicht aufhören, über die vergangenen sieben bösen Jahre zu flüstern. Der Pförtner berichtete von den hohen und höchsten Gästen, ihren Auftafelungen und Siegesfeiern, die bis in die letzten Tage des Krieges gedauert hatten, die Einweisungen berühmter Leute aus dem Altreich, darunter die Namen von weltberühmten Mimen und Sängern, von Skandalen und Gelagen, die bei abgeschlossenen Türen vor sich gegangen waren. Der Arisierer des Edelsteinvermögens und aller Bestände des Damen- und Herrenwäschelagers war mit hochbeladenem Lastwagen nach Österreich davongefahren, die Edelsteingroßmutter und alle Edelsteins, die ihre Heimat nicht verlassen hatten, waren von den Deutschen nach Theresienstadt verladen worden und keiner, nicht einer, sei zurückgekommen bis zum heutigen Tag.

Er sprach von den Tagen nach dem Sieg über Polen, als man dem geschiedenen Gnädigen Herrn klar mach= te, daß die Zeit gekommen sei, der Partei des Führers aller Deutschen beizutreten, und wie der Herr ihm, dem Pförtner, als einzigem im Haus vertraute, daß er, so lange er lebe, bleiben wird, was er gewesen war, als die Gnädige Frau und das Fräulein Tochter mit dem Balkanexpreß davonfuhren. Dann erzählte er, wie es war, als die Russen kamen und danach die Tschechen, die den Herrn in ein Lager brachten, von dem er gleich mit dem ersten Transport nach Bayern umgesiedelt wurde, wie dann die ersten amerikanischen Konserven auftauchten und daß alle sagten, es würde jetzt bald so sein wie in Amerika.

Als sich der Morgen anmeldete mit erstem zaghaf= ten Licht, brachte der Nachtportier die Gnädige Frau in eine Kammer unterm Dach und schloß zur Sicherheit hinter ihr ab. Sie öffnete das Fenster, setzte sich aufs Bett und sah, die Hände im Schoß, zum fernen Berg der Stadt, den das Morgenlicht in leichten Nebeln umfloß. Oft in den Jahren des Exils hatte sie ihn so gesehen, in einem Licht aus Träumen und Hoffnung, den liebsten Berg aller Berge. Aber je länger sie zu ihm sah, desto mehr kamen in ihre Gedanken Fremdheit und Trauer. »Er gehört nicht mehr mir, ich kann nicht mehr sagen: Du bist mein liebster Berg. Du bist in anderer Leute Be= sitz übergegangen wie der ›Silberne Adler‹«. Ihr Blick zu ihm streifte das hohe flache Dach des Geschäfts= Edelsteinhauses. »Himmel und Erde« hatte sie dort ge= spielt und Kastenhüpfen mit ihren Freundinnen. Und Lieder gesungen, tschechische und deutsche, die in der Schule die längst gestorbene Lehrerin sie gelehrt hatte zum Klang des leicht verstimmten Harmoniums.

Frau Selakovic fand keinen Schlaf und wachte der Begegnung mit ihrer Tochter entgegen. Der Nachtpförtner hatte ihr in der Loge berichtet, daß das Mädchen vor wenigen Monaten im »Silbernen Adler« geheiratet habe und mit ihrem Gemahl, einem Mann, der auf abenteuerliche Weise in ihr Leben getreten war, in einer leergewordenen deutschen Wohnung lebte.

Seit jenen Tagen in Jugoslawiens schöner Stadt Novi Sad hatte sich das Leben des Töchterchens in folgender Weise zugetragen: Als die großdeutschen Truppen Böhmen und Mähren besetzten, ließ der im »Silbernen Adler« zurückgebliebene Vater das Töchterchen aus dem fernen jugoslawischen Novi Sad ins Reich zurückbringen. Da er es für zu gefährlich hielt, das Kind, dessen Herkunft aus der Edelsteinfamilie allgemein bekannt war, in den »Silbernen Adler« zu holen, sorgte er nach vertrauensvoller Beratung für eine Sicherheitsunterkunft erster Klasse in der Hauptstadt Berlin. Als das Mädchen den Namen des künftigen Hausvaters hörte, überfielen es höchste Ängste. Es erinnerte sich, daß es mit seiner Mutter vor vielen Jahren in einem neu erbauten Filmtheater im Hause einer renommierten Firma mit dem exotischen Namen »Generali« eine Wochenschau mit dem ebenfalls exotischen Namen »Fox tönende Wochenschau, das Aktuellste und Interessanteste aus allen Ländern der Erde in Bild und Ton« gesehen hatte. Und gleich zu Beginn wurde da der Herr Hitler gezeigt, der neue Kanzler des Deutschen Reiches, dessen Name in der Familie Edelstein nur mit tiefem Abscheu genannt wurde. Gleich neben ihm saß ein Herr in strengem würdigen Frack, bei dessen Namen sie hell auflachen musste, denn so einen Namen hatte sie noch nie gehört und hielt ihn fast für einen Spitznamen.

»Von Papen«. Die Leute blickten indigniert zu ihr und ihrer Mama, denn die neue Regierung in Berlin genoß bereits viel Sympathie bei den Deutschen in Böhmen, die sich jetzt auch nicht mehr Deutschböhmen sondern Sudetendeutsche nannten. Der Name des Herrn neben Hitler, von Papen, blieb in ihrem Gemüt, und nun war Herr von Papen ihr Ziehvater! Papa mußte da einem entsetzlichen Irrtum zum Opfer gefallen sein. Aber diesmal handelte es sich um des Herrn von Papens Bruder. Auch befand sich neben dem Führer kein von Papen, da saßen jetzt ganz andere Herren. Der Bruder von Papen nahm Kinder verschiedener Herkunft in Pension, wofür er sich fürstlich bezahlen ließ. Dies fiel dem arischen Besitzer des »Silbernen Adler« nicht schwer, seine Einnahmen hatten seit dem Besitzwechsel aus jüdischer Hand Höhen erreicht, von denen man seit der Kaiserzeit nicht mehr zu träumen gewagt hatte.

Berlin war nach Novi Sad eine imposante Stadt, aber Töchterchen konnte mit dem Herzen nicht heimisch werden. Es fehlte ihrem Leben etwas, das sie erst allmählich in versteckter Erkenntnis benennen konnte. Es war mehr das Gefühl als das Wissen, daß sie in einem Land lebte, in dem man anders dachte, anders miteinander umging, anders auch mit der Sprache verfuhr als Großeltern, Eltern und die Kinder der Nachbarn daheim. Es fehlte ihr auch der täglich gehörte und zum Leben gehörende Klang des Slawischen, das sie in den letzten Jahren unter den Donauschwaben aufgenommen hatte und das auch im Deutsch der Heimat die Nähe des Böhmischen nicht verleugnen konnte. Die Briefe an ihren Vater waren voll Heimweh und Bitten, sie aus Preußen fortzuholen. Und so ließ sie der Papa aus Herrn von Papens Obhut nach Herrenhut bringen, das Böhmen schon viel näher lag. Dort lebte Töchterchen in einem Internat der Herrenhuter Gemeinde, die mit böhmischer Geschichte seit Jahrhunderten schon in vielerlei Beziehung verbunden war. Allerdings ging es hier sehr klösterlich zu. Man sang Kirchenlieder die Menge und betete nach strenger Vorschrift. Die Glocken läuteten oft, und der Gottesdienste war kein Ende. Töchterchen aber näherte sich dem Alter, in welchem Mädchen, wenn auch noch reine Jungfrauen, andere Lieder lieber sangen, und Jazz einen faszinierenderen Klang erzeugte als Glocken des Mittelalters. Die Briefe an Papa baten um eine andere Welt und baten besonders, sie wieder in seine Nähe zu holen. Da Papa alles tun wollte, um Töchterchens Herz Wohltaten zu bereiten, ließ er sie in ein exquisites Internat in Dresden bringen. Dort wurde erzogen, gelernt, getanzt und geschlafen, wie es sich für Töchter der reichsdeutschen Hautevolee schickte. Dresden war auch in der Zeit beginnender Verdunkelung eine aufregend schöne Stadt. In den Theatern waren Aufführungen erster Güte zu sehen, die Oper zeigte Weltkunst und die Umgebung ist nicht ohne Grund von Dichtern und Malern vieler Jahrhunderte gerühmt worden. Aber je älter Töchterchen wurde, um so mehr drängte der »Silberne Adler« alle fremde Schönheit beiseite, und dem Hotelier brach das Herz, wenn er die Briefe von Töchterchen las, und eines Tages entschloß er sich zu dem großen Wagnis und holte sein geliebtes Kind in das Hotel »Silberner Adler«. Das war ein sehr kühner Entschluß, denn die Stadt wußte, daß es sich bei der Tochter des Hoteliers um die immerhin halbjüdische Tochter der Edelsteinfamilie handelte. Der arische Hotelier lebte in Bangen und Hoffen. Er litt unter einem schmerzenden Widerspruch. Einerseits konnte er sich nicht sattsehen am Charme und Schmelz ihrer Erscheinung und an den bezaubernden Reizen der Heranwachsenden, andererseits nahm er mit jedem Tag deutlicher wahr, wie sich die Züge der Edelsteinfamilie in ihrem Gesicht abzuzeichnen begannen. Jeden Tag hörten die Leute ringsum mit glücklichen, stolzen Gesichtern die Sondermeldungen von den versenkten Bruttoregistertonnen im Atlantik, von Rommels Siegen in Afrika und dem Vormarsch an die Wolga, wo der Fall von Stalingrad nur noch eine Frage von Tagen, höchstens Wochen war. Deutschland herrschte von Kreta bis Hammerfest, von den Pyrenäen bis fast an die Ölfelder von Baku. Der Endsieg war in Sicht. Aber der Hotelier war arischen Blutes, geschieden von der Edelsteinjüdin, Töchterchen wurde ins Lyzeum aufgenommen, brauchte auch keinen Judenstern zu tragen und wurde befreit vom Dienst im Bund deutscher Mädel. Sie hatte auch bald viele Freundinnen, denn das Hotel »Silberner Adler« galt als das bedeutendste Hotel des Sudetenlands, wenn man vom entjudeten Hotel »Pupp« in Karlsbad absah. Und Töchterchen galt heimlich als Mitbesitzerin, und das hatte einen Wert, weit über alles andere hinaus.

Eine der Schulfreundinnen war der Hotelierstochter besonders vertraut, und mit ihr fühlte sie sich besonders verbunden. Das Mädchen hieß Edeltraut, wurde Traudl gerufen, war eine gutaussehende Blondine, hatte Witz, fuhr ein silbernes Fahrrad mit drei Gängen, strahlte Heiterkeit und Lebensfreude aus und wohnte in der gediegensten Villengegend der Stadt. Dort hatte ihr Vater ein jüdisches Caféhaus gekauft, hatte es vom besten Architekten der Stadt, der den Namen eines hochgeehrten kaiserlichen Feldmarschalls trug, umbauen lassen zu eleganten und wohlgeschnittenen Wohnräumen, ein Dachgarten ergänzte die Annehmlichkeit. Bis zur Angliederung des Sudetenlandes ans Reich war er als Marktlieferant auf Jahrmärkte gefahren, wo er Damen- und Herrenunterwäsche verkaufte, die er gegen freundlichen Rabatt bei der Firma Edelstein erwarb. Als Siebzehnjähriger war er als k.u.k.-Soldat in den Süden Serbiens kommandiert worden, wo er sich eine Malaria holte und war deshalb sein Leben lang ein erbitterter Feind aller Serben und ein treuer Gefolgsmann des völkischen Führers der Deutschen in Böhmen und Mähren geworden. Als die deutsche Wehrmacht das Sudetenland besetzte, konnte er, befreit vom tschechischen Joch, wie man die zwanzig Jahre seit dem Zusammenbruch des Kaiserreiches bezeichnete, zum Dank für seine treue Gesinnung die Firma Edelstein arisieren und war so über Nacht in den Besitz eines stattlichen Vermögens und von vier Etagen bester Damen- und Herrenunterwäsche gekommen. Davon aber wußte die Hoteliersochter nichts, in den Gesprächen ging Traudl jedem diesbezüglichen Thema weit aus dem Weg. Eines Tages im vierten Jahr des Krieges kam die Stunde der Trennung der Freundinnen, und der Abschied fiel schwer. Die Hoteliersochter war nämlich zur Direktorin des Lyzeums gerufen worden, und dem jüdischen Mischling ersten Grades wurde mitgeteilt, daß für seinesgleichen deutsche Schulen ab sofort gesperrt seien. Sie habe sich am nächsten Tag zum nationalsozialistischen Pflichtjahr zu melden und den Dienst noch am gleichen Tag anzutreten. Sie arbeitete das Pflichtjahr brav und folgsam als Kindermädchen bei einer aus Sachsen zugewanderten Beamtenfamilie auf den Tag genau ab. Der arische Papa erleichterte ihr Leben, indem er Woche für Woche die besten Leckerbissen aus den Kühlschränken des »Silbernen Adlers« der sächsischen Küche überbringen ließ. Kaum aber war das Pflichtjahr vorbei, wurde die halbjüdische Hoteliersstochter der Fabrik »Sickert & Söhne« überstellt. Dort arbeitete die »Organisation Todt« Lumpen auf für weitere Verwendung. Wehrunwürdige Männer und mischblütige Jugendliche trugen in den Hallen von »Sickert & Söhne« zum Endsieg des großdeutschen Reiches dadurch bei, daß sie Männer- und Frauenbekleidung und Kinderkleidchen, die aus den besetzten Ostgebieten angeliefert wurden, dem Zerreißwolf übergaben und allzu sehr mit Blut und Erde beschmutzte Stoffe einer Sonderreinigung zuführten. Die Hoteliersstochter und ein halbes Hundert anderer nichtarischer Damen arbeiteten zwölf Stunden täglich, auch sonntags, mit einer Viertelstunde Essenspause. Junge Männer schätzten sich glücklich, an den Zerreißmaschinen arbeiten zu dürfen, denn viele ihrer Freunde waren in den Schaufeleinheiten tätig, wohin man sie schickte, um Panzergräben oder Schutzwälle auszuheben, denn die Armeen der Russen hatten in anderthalb Jahren ebenso viele Kilometer hinter sich gebracht wie die Deutschen anderthalb Jahre zuvor in Richtung Kaukasus. Wenn die Hoteliersstochter durch die staubbedeckten hohen Fenster der »Sickert & Söhne«-Halle blickte, sah sie rechterhand ein dunkeldrohendes Eisenbahnviadukt, das alle Stunden von langsam fahrenden Zügen überquert wurde, und zur Linken das Grün einer steil ansteigenden Wiese, an deren oberem Ende sie ein graues Gebäude wußte, das einst der amerikanischen Filmgesellschaft MGM gehört hatte. Dort liefen damals nur amerikanische Filme, und sie hatte da einmal den berühmten und von allen geliebten Charlie

Chaplin gesehen, wie er durch eine riesige Maschine gewälzt wurde. Habe ich über ihn damals mehr gelacht oder mehr geweint, dachte sie, oft träumte sie diesem Wesen aus einer irgendwie glücklicheren Welt nach. Nie vergessen konnte sie die schwarz-weißen Zeichnungen, die sich in absurder Lustigkeit bewegten, und besonders eine Maus, die auf den nie gehörten Namen Mickey hörte. In einer Kindervorstellung mit der Maus mußte sie so unbändig lachen und kreischen, daß sie den Heimweg durch die dämmrig werdende Stadt in durchnäßten Unterkleidern bewältigen mußte.

Oft, wenn sie blutbefleckte Beutelumpen sortierte, gingen die Gedanken der Hotelierstochter zu ihrer Mutter, von der schon viele Monate keine Nachrichten mehr kamen. Wie oft flogen ihre Gedanken den Siegen der Feinde des Reiches voraus, sich das Ende des Krieges ausmalend. Wie würde man im »Silbernen Adler« den ersten Friedenstag feiern, sich in die Arme fallen, das wieder sicher gewordene Leben umarmen und den Kirchenglocken der Stadt lauschen, die das Friedensglück über Dächer und Berge verkünden würden. Als der Tag aber gekommen war, läuteten keine Glocken, und keine Beglückung machte sich breit. Furcht und Bedrückung wohnten jetzt in den Häusern, denn was deutsch war, wurde auf Listen erfaßt für den Transport ins Altreich, meist nach Bayern oder in den Harz, in die Börde bei Magdeburg oder nach Mecklenburg, das ödeste, flachste und fremdeste Land der Welt, mit einem einzigen Koffer, in dem weggetragen wurde, was von der Arbeit eines Lebens mitgenommen werden durfte. Und man wurde verladen auf offene Waggons oder Lastkraftwagen und an der Grenze einer nicht sehr freundlichen Behörde übergeben. Haben wir nicht unser Leben lang gesittet und anständig gearbeitet, haben unsere Eltern und Großeltern und Urahnen hier nicht hart jahrhundertelang ehrlich ihr Tagewerk verrichtet? Tränen und Verzweiflung, wohin man kam. Die deutsche, aber nur halbarische Hoteltochter, um mit allem was geschah im Gleichgewicht ihres jungen Lebens zu bleiben, fragte ihre verzweifelten Landsleute oft, ob sie denn vergessen hätten, wie sie noch vor kurzer Zeit Applaus gespendet hätten bei allem, was den Tschechen geschah, als die deutsche Wehrmacht ins Land einrückte, wie die jetzt Klagenden zugesehen hatten, als ihre jüdischen Nachbarn auf Lastkraftwagen geladen wurden und verschwanden in unbekannter Fremde, nicht in bayrischen unversehrten Kleinstädten. »Habt Ihr da nicht gerufen: Endlich weg mit denen? Könnt Ihr Euch nicht erinnern, wie sechs Jahre lang der Haß und die Verachtung, die Ihr jetzt zu spüren bekommt, durch Euch selbst erzeugt wurden? Erinnert Euch doch an die Zeit, als Eure Heere siegten und siegten, und was in dieser Zeit geschah mit Eurer Billigung, wenn nicht sogar mit Eurer Hilfe!« Aber jetzt wurde das Grandhotel zum Staatseigentum erklärt, ihr entzog man das Wohnrecht im »Silbernen Adler«, denn es handelte sich um deutschen Besitz, also galt auch für sie, was für alle Deutschen galt. Da entschloß sich die Hoteltochter, Recht und Wiedergutmachung für alles Unrecht zu fordern und für alle Erniedrigungen, die sie und ihre Mutter hatten erleiden müssen. Und sie begab sich zu der sowjetischen Behörde, die in der Stadt das oberste Sagen hatte. Wie erstaunt war sie, dort statt eines nach Wodka riechenden sowjetischen Soldaten einen zivilen, schlanken, mit einer gewissen Eleganz ausgestatteten Herrn, nur wenige Jahre älter als sie selbst vorzufinden, der nicht nur ein einwandfreies Deutsch sprach, zwar mit deutlichem Prager Akzent, aber auch mit nordböhmischem Idiom. Seine Rede war angenehm und seine Umgangsformen von der Art, die man als gepflegt bezeichnet. Die junge Frau sah erst verwundert, dann fasziniert dem jungen Mann in das ihr mit Interesse zugewandte Gesicht, und er sah in ihren offenen leidenschaftlichen Zügen, was er so noch nie bei Bittstellern deutscher Herkunft gesehen hatte. Sie fühlte bald, daß sie ihm gefiel, und er, daß er ihr zusagte. So fanden beide immer neue Gründe zu immer neuen Gesprächen, und nach weiteren Begegnungen im Dienstzimmer des Herrn und auch in anderen Zimmern fand unter dem Protektorat sowjetischer Offiziere im »Silbernen Adler« eine für jene Tage grandiose Hochzeit statt. Daß dieses allgemein bewunderte, beneidete und weitum ausführlich besprochene Ereignis zustande kommen konnte, erklärt sich aus folgendem Zusammenhang:

In den Tagen, als der Tito-Offizier Selakovic, Gemahl der nordböhmischen Hotelierin, in einem serbischen Fluß ertrank, lag ein deutscher Soldat der sechsten Armee des General Paulus in der eisigen Steppe vor Stalingrad und wartete auf seinen Tod, den der größte Teil seines Regiments bereits hinter sich hatte. Da geschah ein Wunder. Es erreichte ihn ein Marschbefehl in die Stadt Meißen an der Elbe. Es kam ihm wieder ins Gedächtnis, daß er vor anderthalb Jahren gefragt worden war, ob er sich einen harten Lehrgang für Russischdolmetscher zutraue. Er sei doch, wie man in seiner Stammrolle gelesen habe, als deutscher Mensch der tschechischen Sprache in Wort und Schrift vollkommen mächtig, und wer so eine schwere und kaum erlernbare

Sprache beherrsche, sei in der Lage, eine zweite solche in kurzer Zeit zu erlernen. Das Reich stehe, wie er wisse, kurz vor dem Endsieg gegen die Rote Armee, und danach würden Dolmetscher in großer Zahl gesucht sein, man denke deutscherseits nicht daran, Russen auch nur ein einziges Wort der deutschen Sprache beizubringen. Der Soldat dachte bei sich: »Jeder Lehrgang ist besser als jedes Schlachtfeld«, schlug die Hacken zusammen und antwortete deutlich und laut mit »jawohl, Herr Oberst«, und hatte dann heißen Herzens auf seine Versetzung gewartet. Der Marschbefehl für ihn wurde auch kurze Zeit später ausgestellt, aber seine Einheit trieb sich inzwischen irgendwo hinter der Halbinsel Kertsch herum und gleich danach in der Steppe bei der Armeegruppe Hoth und noch eine Weile später auf den fünf Hügeln westlich von Stalingrad. Oder wurde herumgetrieben. Und dort, im tödlichen Eiswind, erreichte ihn der so lange erwartete Marschbefehl. Als er den seinem ungläubigen Regimentskommandeur vorlegte, überkam ihn ein letztes Zittern, denn wer sagte ihm, daß der um jeden Mann fürchtende Offizier den Befehl überhaupt zur Kenntnis zu nehmen bereit sei. Aber der befehlsergebene Chef unterschrieb, und der künftige Dolmetscher bestieg, in einem holden Traum sich wähnend, eine der letzten Flugmaschinen vom Typ JU 52 und sah, jetzt ein allerletztes Mal ins Zittern fallend, wie sich der schwer überladene, mit Schwerstverwundeten und höheren Offizieren hoffnungslos überfüllte Körper des Flugzeuges vom Eisesboden erhob, Richtung Front die russische Flugabwehr überwand, endlich die Frontlinie überqueren und auf einem ebenfalls eisüberzogenen Flugplatz landen konnte. Das größte aller denkbaren Wunder hatte sich ereignet. Der Soldat stieg in einen

Urlauberzug, und mit der neu erwachten Seele meldete sich die Hoffnung, vielleicht doch noch lebend den Krieg zu überstehen, denn nach Gleissprengungen und Partisanenbeschuß und nächtlichen Überfällen erreichte er gesund und heil Meißen an der Elbe, meldete sich nahe dem Dom bei der Dolmetscherleitung und begann, als die ersten Frühjahreslüfte den Fluß heraufkamen, seinen Lehrgang. Er wurde der Beste des Kurses, bestand alle Prüfungen, in deren Verlauf jedes Mal ein Drittel der Teilnehmer ausschieden, und nach zwei Jahren und drei Monaten erhielt er sein Abschlußzeugnis. Mit amtlichem Stempel wurde ihm bestätigt, daß er mit Auszeichnung bestanden hätte und ab sofort befähigt sei, der deutschen Wehrmacht als Dolmetscher der russischen Sprache zu dienen, und diesen Dienst habe er mit sofortiger Wirkung anzutreten. Allerdings waren an dem Tag, an dem die Zeugnisse verteilt wurden, von ferne die Geschütze der Russen zu hören, und so schloß sich der Abschlußfeier die Übergabe der neuen Marschbefehle an, die dem Russischdolmetscher befahlen, sich der kämpfenden Truppe zu stellen und den Raum Böhmen-Mähren, soweit noch nicht in sowjetischer Hand, bis zum Endsieg zu halten. Aber der Soldat dachte sich die Sache anders. Nur zwei Tage entfernt lagen die böhmischen Berge und zwischen zwei freundlichen Bergrücken das Tal seiner Heimatstadt. Von Meißen aus war sie in drei Tagesmärschen zu erreichen.

Kaum vier Jahre zuvor hatte er dort im lieblichen Tal seine Matura abgelegt und im »Silbernen Adler« die Feier des Tages begangen, das »Gaudeamus igitur« quasi schon als Studiosus gesungen. Danach sollte das Studium an der Prager Karls-Universität beginnen. In Prag war er kurz nach dem Ende des Ersten Weltkrieges zur Welt gekommen. Sein Vater arbeitete in der Verwaltung einer psychiatrischen Anstalt, wurde aber mit der Familie nach dem Einmarsch der deutschen Wehrmacht in Prag aus dem Protektorat in die nordböhmische Hauptstadt versetzt, denn Anstalten der psychiatrischen Heilpflege wurden jetzt für ganz andere Zwecke benötigt.

Der ausstudierte Russischdolmetscher beschloß, sich aus Meißen zu verabschieden und die Wanderung Richtung Böhmen zu beginnen. Ein Kilo Fliegerschokolade und einen Wollstoff englischer Qualität unterm Arm, zog er los und kam ohne größeren Zwischenfall nach zweieinhalb Tagen an die Grenze seines Heimatlandes. Im Angesicht der ersten milden böhmischen Hügel aber sah er sich einer Wehrmachtsstreife mit Kettenschildern um den Hals gegenüber, die seine Papiere verlangten. Diese besagten alles, was zu einer Verhaftung wegen Fahnenflucht ausreichte. Er wurde einem Kriegsgerichtsrat der Division Schörners, des letzten noch kämpfenden Generals der Wehrmacht, vom noch lebenden Hitler kurz vorher zum Generalfeldmarschall befördert, vorgeführt, der das Urteil durch Erhängen sogleich unterschrieb und die Vollstreckung für den nächsten Morgen festlegte. In der Nacht aber hörte man sich nähernde Panzer, und am Morgen schloß ein Rotarmist die Türe der Todeszelle auf. Der führte ihn zum Kommandeur seiner Einheit, und weil ein Mann, der die drei Sprachen, die hierzulande gebraucht wurden, in Vollkommenheit beherrschte, für die gegen Böhmen vorrückende Einheit ein idealer Fund war, rollte der deutsche Soldat drei Tage später auf einem der ersten sowjetischen Panzer in seiner böhmischen Heimatstadt ein. Man zählte ihn zu den Befreiern und er bekam einen wichtigen Stempel und ein respektables Dienstzimmer und arbeitete als geschätzter Dreifachdolmetscher an bedeutender Stelle. Und eines Tages betrat die Tochter des »Silbernen Adlers« seine Arbeitsstelle, und es kam zur ersten Begegnung der zwei jungen Leute, die sehr bald in ihrer Vermählung einen so unerwarteten Höhepunkt erreichte. Nicht Not oder Furcht vor den täglichen Gefahren oder gar der Wunsch nach heimlichen Erleichterungen waren es, die das Mädchen dem mit so viel Macht ausgestatteten jungen Mann in die Arme trieb. In jenen Tagen drängte es junge Menschen wie nie zuvor und selten danach zu ein wenig Sicherheit und ein wenig Behütetsein. Man wußte nicht, ob man alles bisher Verlorene, nicht Gehabte, Ungenossene je würde besitzen können. Nachholen war der höchste Wunsch, denn alles, was das Leben bisher erträglich gemacht hatte, war, kaum daß man glaubte, es endlich festhalten zu können, verlorengegangen. Liebgewordene Menschen waren in alle Himmelsrichtungen verschwunden, keine Nachrichten erreichten die Zurückgebliebenen, versuchte man zu vergessen, tauchten immer und immer wieder Scheußlichkeiten auf in den Erinnerungen, nichts konnte das Entsetzen verschwinden lassen. Man wollte sich anlehnen können, Menschen nahe sein, Worte hören, die keiner Erklärung bedurften und wenn möglich in einer Sprache, in der Jugend und Kindheit vor sich gegangen waren. Man sehnte sich nach einem Leben neben sich, das ein Echo gab auf das eigene. Man wollte Hoffnung haben, nicht alleine sein zu müssen in den Zeiten, die da kommen würden, nicht abzusinken mit so vielen anderen in den Untergang, der statt des erwarteten Glücks ins Land gekommen war.

Die jüdische, durch Europa gejagte Mama, die ihren Mann an Titos Seite dem Kampf gegen Hitler hinge= opfert hatte, sollte nun, endlich wieder daheim, entrech= tet werden wie eine der beliebigen Damen, die Henlein und Hitler siegestrunken gefolgt waren! Der geliebte Vater, irgendwo jenseits der Grenze! Das Hotel, noch immer ein Millionenwert, verloren und kaum noch betretbar für die Enkelin des Erbauers! Wie sollte das Töchterchen nicht in Verzweiflung fallen! Der junge Ehemann, mit so viel Macht bei den Behörden ausge= stattet, nahm die Weinende in die Arme. »Liebste«, sag= te er, »ich habe keinen Trick ausgelassen, die Sache, das Hotel betreffend, und die schlimmen Sachen, die Dir und Deiner Mutter widerfahren sind, zu Euren Gun= sten zu regeln. Aber man hat mir das Gästebuch des Hotels und die Eintragungen der Zeit seit 1938 gezeigt. Vielleicht hätte man diesen oder jenen Namen über= sehen können, aber die herzlichste Widmung kam von einem, der ein gut Dutzend Todesurteile gegen Geiseln in Mähren und Böhmen unterschrieben hat. Vergiß alles, streich es aus Deinem Leben. Im übrigen schlage ich vor, in die Stadt umzusiedeln, die schon vor dem Krieg eine Weltstadt des Theaters war.« Er hatte sich nämlich im Anblick seines Spiegelbildes nach kurzer Überlegung entschlossen, Schauspieler zu werden. Auch stand inzwischen fest, daß in Berlin die drei Westalli= ierten einziehen würden. Und es geschah das eine wie das andere. Sie siedelten um, und er bekam bald al= lein seines strammen und eleganten Aussehens wegen viele Rollenangebote, und da er sich besonders im Film gut ausmachte, war sein Name bald sehr gefragt bei der Besetzung schneidiger preußischer Offiziere oder englischer Scotland=Yard=Leute. Er verdiente gut, sogar sehr gut, und im Gemenge der Nachkriegsjahre kam es, wie es kommen mußte, die jungen Eheleute schieden voneinander in freundlicher Übereinkunft, aus dem jungen Mädchen wurde eine junge Frau, einer zweiten Ehe folgte eine dritte, zwei lustige Kinder kamen zur Welt und wuchsen unter der Liebe der Eltern und den Segenswünschen der Großmutter zum Glück aller heran. Die Edelsteingroßmutter blieb in der Nähe des nordböhmischen »Silbernen Adlers« wohnen, speiste in einem bescheidenen Restaurant der Stadt, und es wäre von ihr nichts weiter zu berichten, wäre sie nicht einige Jahre nach ihrer Rückkehr aus Budapest einer allen Ärzten rätselhaften Krankheit verfallen, der ein rapider Verlust ihres Gedächtnisses folgte, ein Nachlassen ihres Denkvermögens, das Sprechen fiel ihr immer schwerer, die Augen erfaßten nicht mehr das Geschriebene, die Sinne verwirrten sich. Die Ärzte waren ratlos, bis sich die Erinnerung an jene Pflichtinjektionen im Budapester Judenviertel einstellten. Es wurden ihr wieder Spritzen und immer wieder andere Spritzen verabreicht, und nach neun Monaten fühlte sie sich im Vollbesitz ihrer Kräfte. Sie hat nie erfahren, worum es sich bei der seltsamen Krankheit gehandelt hat. Es interessierte sie aber auch nicht allzu sehr. Sie erreichte, noch immer mit Grazie und Charme ausgestattet, die Neunzig und besuchte regelmäßig die Tochter in Berlin.

Die lebte in vierter Ehe zufrieden und mit bescheidener Rente. Als sich die Besitzverhältnisse in jenem Teil Berlins grundsätzlich änderten, klopften eines Tages zwei Herren an ihre Tür, wiesen sich als Sudetenstämmlinge aus und fragten, ob die Gnädige Frau, im Hinblick darauf, daß auch in Böhmen wesentliche Veränderungen in Bezug auf Vermögen und Eigentum vor sich gegangen sind, nicht den »Silbernen Adler«, noch immer das erste Hotel der Stadt, käuflich rücker≠werben möchte, schließlich sei sie, den schnell vergehen≠den Gezeiten folgend, noch immer oder jetzt wieder eine rechtmäßige Erbin. »Meine Herren«, antwortete sie, »ich habe große Mühe, meine gestiegene Miete zu bezahlen. Wie, denken Sie, sollte ich die Millionen Kronen für einen Rückkauf des Grandhotels aufbrin≠gen können?« Die Herren antworteten: »Gnädige Frau, darüber sollten Sie sich keine Gedanken machen. Vorausgesetzt, Sie sind einverstanden, steht Geld sude≠tendeutscher Interessenten in beliebiger Höhe zur Ver≠fügung.« Da begleitete sie die hilfsbereiten Herren zur Tür und verabschiedete sie ohne Händedruck.

Der »Silberne Adler« überstrahlt noch immer die Namen aller anderen Nobelherbergen der Stadt. Seine Erbauer allerdings und seine letzten Besitzer aus der Edelsteinfamilie sind tot. Auch der allerletzte arische Hotelier ist tot. Die einstige Hoteltochter steigt biswei≠len auf ihren Reisen in die slowakischen Schwefelbäder, wo sie ihr Rheuma behandeln läßt, im »Silbernen Adler« ab, steigt die Marmortreppen, den Stolz ihrer Ahnen, hinauf, sich in den geschliffenen Scheiben spie≠gelnd und ist zufrieden, daß keine Hostess der Recep≠tion weiß, wer sich da bis zum nächsten Morgen ein Zimmer nimmt. Auch den Nachtportier gibt es nicht mehr, der als einziger die echte Besitzerin wiederer≠kannte und mit dem Satz begrüßte: »Jetzt wird alles wieder gut.« Damit endet diese wahre Geschichte.

Wie die wirkliche Geschichte weitergeht, ist noch ungewiß.

Es lebten einst zwei Brüder

Hörspiel mit entsprechenden Geräuschen
und Musik eines sehr kleinen Schülerorchesters.

Sprecher: Ein Mann betritt ein Haus. Im Hause hört er Musik. Der Mann steigt Treppen. Er geht durch einen leeren Flur. Links Türen, rechts Fenster. Er bleibt vor einer Tür stehen. Er will anklopfen. Der Zeigefinger seiner rechten Hand ist schon gekrümmt. Er hebt die Hand, aber hält inne. Er läßt die Hand sinken, geht an das Fenster, das der Tür gegenüberliegt. Er denkt nach, setzt sich auf einen der Stühle, die zwischen den Fenstern stehen. Er legt den rechten Arm um die Lehne des Stuhls, schlägt ein Bein übers andre. Er hört der Musik zu, die aus den unteren Stockwerken zu ihm dringt.

Mann: »Daß Kinder so schöne Musik machen können. Und so viel Kummer. Und einem das Herz aufreißen. Voriges Jahr war's eine andre Musik. Glinka. Aber auch sehr schön. Wer dieses Jahr wohl die Rede hält zwischen den Musikstücken? Wenn ich jetzt reingeh' zu der Direktorin und sage: ich nicht – das wird hart. Ich könnte sagen: Asthma. Hört euch das an. Wie soll ich da eine Rede halten! Aber ich will nicht mit so einem Trick raus aus der Sache. Nicht das Asthma, nein. Die Rede halte ich nicht wegen der vier Bürschchen im Saal. Damit ihr's wißt. Man opfert seine freie Zeit für diese jungen Leute, man setzt sich hin, man lädt sie ein, man erzählt, man holt seine Erinnerungen hoch, als ginge einem das nicht jedesmal wie ein Messer durchs Herz, als könnte man über alles das sprechen wie über irgendwas, als verschlug's einem dabei nicht immer von neuem die Stimme, als erlebte man's nicht von neuem, und immer mehr wird einem im Kopf klar, was für ein Wahnsinn das war, und der Gesündeste bin ich ja nun wirklich nicht. War ich nie. Wenn das Asthma voll da ist, flattert das Herze ganz schön los. Und mein Bruder war schließlich nicht viel größer als ich, klein und breit und stuckig, und nicht mal so kräftig. Nur Asthma, das hatte er nicht. Und der steigt in ein Flugzeug und springt mit einem Fallschirm in die Nacht runter, und falsche Papiere und unterm Arm einen Sender, und mit dem bis Berlin, findet seine Leute und morst ein Vierteljahr lang, und dann beobachten sie ihn, und dann schlagen sie zu und ein Vierteljahr Verhöre. Und kein Wort. Und was fragen mich diese Bürschchen? Was für ein Sender das war, den er benutzte. Ich denke, mich tritt ein Pferd. Deutsche Telefunken oder Philips oder vom sowjetischen Geheimdienst. Woher soll ich das wissen. Und eine Unruhe geht los, bloß weil ich nicht weiß, welche Senderöhren. Ich sage Ruhe, und noch mal Ruhe, die Deutschen standen im Kaukasus und in Stalingrad, wenn's euch langweilig ist, könnt ihr ja gehen, wie man eben so was sagt, wenn man aufgeregt ist. Und die vier stehen auf, diese vier Bürschchen, und gehen. Stehn auf und gehen aus dem Zimmer. Und sie leben in der Stadt, in der mein Bruder lebte, und gehen in die Schule, in der mein Bruder zur Schule gegangen ist. Hier, hier in dieser Schule hat sich doch unser Leben abgespielt. Und sie stehen auf und gehen. Und ihr verlangt, ich soll die Rede halten! Und die vier sitzen unten, und am Ende kommen sie auf die Bühne, und ich reiche ihnen die Hand, ihr seid aufgenommen in den Kreis der Erwachsenen oder wie das heißt. Nein. Aber ihr habt ja nicht mal meine Bitte erfüllt und das Bild hinter das Rednerpult gehängt. Nein, immer so, daß ich hinsehen muß. Ihr habt euch nie um meine Bitte gekümmert. Wißt ihr denn, was mir durch den Kopf geht seit ein paar Jahren, wenn ich sein Bild ansehe? Du könntest inzwischen mein Sohn sein oder ich dein Vater. Das geht mir durch den Kopf. Nun wärst du auch schon über die Siebzig. Und auf dem Bild bleibst du für immer Mitte Dreißig, und ich war doch mein Leben lang immer zehn Jahre jünger als du. Aber um meine Gedanken schert ihr euch nicht, ihr habt euch an meine Reden gewöhnt, die Jungen haben sich an mich gewöhnt, alle haben sich aneinander gewöhnt, ich bin eben der Bruder vom Helden, ich hab' aufs Rednerpult zu steigen. Also, so einfach, wie ihr euch das denkt, also so einfach ist das nicht. Da mögt ihr mich loben, wie ihr wollt, du sprichst so schön einfach, du hast so einen echten menschlichen Ton, man hat niemals das Gefühl, du willst deinen Bruder auf ein Denkmal setzen – das war ja immer eure größte Freude und eure größte Angst: kein Denkmal!

Und wenn ich ihm ein Denkmal setzen will?

Auch wenn das heutzutage nicht gut klingt, ich will ihm ein Denkmal setzen. Es ist hohe Zeit. Es können nämlich nur die Zeitgenossen wirkliche Denkmäler setzen. Wenn's die Zeitgenossen nichts angeht, den nächsten fehlt dafür das Wichtigste. Sie wissen nicht mehr, wie es wirklich und wahrhaftig war. Erzählen die Leute in der Stadt nicht heute noch von dem Transport, der einen Tag vor Kriegsende hier durchgekommen ist, den die Wachposten dann im Walde niedergemacht haben? Wie sie sich dann den Bildhauer holten: Du sollst ein Denkmal machen für die dort im Walde. Und wie alle ihm erzählten, wie der Transport aussah, und er sah ja noch die geöffneten Gräber. Und wie er zeichnet und zeichnet und immer fragt: Zeichne ich das richtig, so? Nein, mehr so, oder mehr so! Und keiner hat die Leute gekannt, aber als der fertig war mit der Wand aus Stein, hat jeder den wiedererkannt, an den er sich erinnert hat, und als der Stein dann nach dreißig Jahren zerfällt – war ja nur Nachkriegsware, man mußte ja nehmen, was zu haben war – wie der Bildhauer wiederkommt, alle rumstehen, ein paar waren schon nicht mehr dabei, die hatten schon ihr Sterbchen gemacht, und der Bildhauer sagt: Ich kann's nicht ein zweites Mal, so etwas macht man nur einmal im Leben, aber ich schick' euch meinen besten Schüler, der ist besser als ich damals, und wie der alles wirklich besser macht als der erste, aber dann stehen alle rum, Musik, Ehrensalut, und alles war wirklich gut, richtige Kunst – aber die von damals waren es eben nicht mehr. Und die Leute meinten doch die und nicht irgend andre. Man wollte, daß etwas von ihnen bleibt auf dieser Welt, und wenn's nur die Art war, wie einer stand oder sich vorbeugte oder das Wasser trank oder nach dem Glas griff, oder wie sie sich gegenseitig gestützt haben. Man hat's aufgestellt, aber es war eigentlich was Fremdes. Die Zeitgenossen müssen die Denkmäler machen. Vielleicht aber auch nicht.

Dort unten im Schulhof hat mein Bruder gestanden, der Reichstag brannte noch in Berlin, da hatten sie sie schon beisammen. Vortreten. In den Keller. Wie sie raufkamen, wenn sie raufkamen. Kein Denkmal. Man kann es Schülern nicht zumuten. Versteh' schon. Obwohl. An jeder Wegekreuzung, in jeder Schulklasse, in jedem Krankenzimmer in Bayern hing er. Direkt über meinem Bett. Was hatte ich für eine Angst vor diesem eisernen Leichnam am Kreuze. Noch nicht sechs

Jahre war ich. Wer ist denn das an dem Kreuze, frag' ich. Haben die gelacht. Was wußte denn ich. Vater war Freidenker, das gehörte sich damals für einen guten Sozialdemokraten. Was bist du denn? Katholisch oder evangelisch? Ich bin sächsisch, sag' ich. Man war doch ohne jedes Wissen. Woher sollte es denn kommen? Ich hatte doch genug damit zu tun, daß ich mich am Leben hielt. So kleine und so ein Asthma. Sonst hätte mich doch die Krankenkasse nicht ins Sanatorium geschickt! Und auch noch nach Bayern, und die Inflation war ja gerade zwei Jahre vorbei.

Pange lingua gloriosi corporis mysterium ... vergeß' ich nie. Preise, Zunge, das Wunder des Leibes des Herrn ... Herr, erlöse uns von dem Übel. Überall sah ich den am Kreuze. Blut und Wunden. Das Martyrium des Erlösers. Aber was war denn diese Schinderei am Kreuz gegen das, was sie mit meinem Bruder gemacht haben, die Frage muß mal erlaubt sein. Martyrium, das war was Heiliges, was Jenseitiges; beim Verhör erschlagen ... schlimm. Aber Martyrium? Herr, erlöse uns von dem Übel. Uns von dem Übel zu erlösen, wir konnten es eben nicht selber tun. Haben's gar nicht versucht. Er hat's versucht. Mein Bruder hat's auf sich genommen. Das Erlösenwollen und das Martyrium. Erlöst, befreit, Freiheit. So viele Wörter, die ihren Sinn verändert haben.

Die üben aber fleißig!

Geflüchtet. Auch so ein Wort. Wie das klingt: geflüchtet. Verteilt in den fünfziger Jahren ein Lehrer Nazibücher an die Schüler. Geflüchtet. Ich rede nicht von denen, die wußten, was sie wollten und wohin sie wollten. Ein Vorgesetzter redet irgendeinen Stuß, einer kriegt's in den falschen Hals, geflüchtet. Kampf, das ewige Kämpfen damals! Kampf für das und das und Kampf gegen das und das, diese Agitation. Ich komme von der Nationalen Front, Sie sind doch auch für den Frieden! Schnauze voll, geflüchtet. Ächtung der Atombombe. Was geht mich die Atombombe an? Und wenn ich unterschreibe, und es kommt mal anders? Geflüchtet. Einmal Berlin, ohne Rückfahrkarte, Station Zoo raus, und du bist geflüchtet. Ach, Ihr Bruder ist ja auch geflüchtet damals! Nein, mein Bruder ist emigriert. Das ist ein Unterschied, und auf dem bestehe ich. Damals stand man nämlich vorm Flüchten auf Todeslisten. Und mein Bruder stand ganz vorne.

Dort unten sind sie gestanden. Vortreten, und der Scharführer hört einen falschen Namen, und sie schlagen den Falschen tot. So überlebte mein Bruder. So lebe mal. So lebst du für einen anderen mit. Das lag zu allem anderen auch noch auf ihm. Und über die Berge rüber nach Böhmen und später nach Spanien. Ging nach Spanien.

Auch so ein Wort. In Deutschland war man hinter ihnen her, in Frankreich wollte man sie nicht haben, in der Schweiz hat man sie gejagt, nachts zu dritt über die Pyrenäen zu Fuß. Den dritten haben sie getragen, der konnte nicht mehr. Der konnte schon seit Kopenhagen nicht mehr, in Paris lag er irgendwo im Keller versteckt. Und immer illegal, wenn sie ihn kriegten, weisen sie alle aus. Und zwar nach Deutschland. Der sichere Tod. Also, Keller liegen, Medizin schlucken. Und das Herz ist eigentlich hin. Von Kopenhagen im Flugzeug nach Paris bekam er seinen ersten Herzanfall, Gewitter, Notlandung in Hamburg. Die drei mit falschen Pässen. Ging aber gut. Und vorher über Stockholm nach Dänemark, und aus Finnland nach Stockholm und aus

Leningrad nach Finnland mit einem Schlepper. Und als sie die Pyrenäen hinter sich haben und in Figueras ankommen, salut amigos, rein in die Brigaden. Und denkt immer daran, jeder Schuß kostet einen Peso, und jeder muß im Ausland gekauft werden. Zielt genau! Da kämpfe mal. Und gegenüber deine deutschen Landsleute. Bei denen konnte es gar nicht dicke genug zugehen mit Munition und Bomben. Die wollten ja ausprobieren, was sie alles Feines hatten.

Und nun seht euch die spanischen Dorfkinder an, keins kann lesen, also zeigt ihnen, wie geschrieben wird, und laßt euch sagen, wie's gesprochen wird. Da lernt man schneller spanisch. Und könnt ihr zulassen, daß Kinder in solchen Lumpen herumlaufen? Also macht eine Sammlung. Und sie sammeln achttausend Peseten für Schuhe und sechszehntausend Peseten für Kleider, aber das sind vierundzwanzigtausend Schuß Munition weniger. Unser Krieg ist eben ein anderer Krieg als der Krieg der andern. Was die Kinder anging, da war die Klassenfrage noch zu überblicken. Aber an der Front, nach dem Kampf, Überläufer. Statt Hände hoch: Salut, camarad! Und auf einmal hat mein Bruder einen Steckschuß im Bauch. Und hätte er nicht noch den Überblick gewahrt und dem eins zurückgeschossen, es wär' aus mit ihm. Wo du einen Arbeiter findest, ist noch Hoffnung. Also sprich. Richtig. Es hatten nur so viele auf der andern Seite vergessen, was sie waren. Und das hat so vielen von uns das Leben gekostet. Ich möchte sprechen: zu vielen. In Deutschland gab's vierzehn Millionen rote Wähler. Und als die Deutschen acht Jahre danach in die Ukraine einfallen, denken die in der Roten Armee: Jetzt werden sich die deutschen Arbeiter mit uns verbrüdern. Aber was war aus denen inzwischen geworden! Klassenfragen im Schützengraben. Wer von uns schaut da so ohne weiteres durch? Und wer von den jungen Leuten? Nun sag mir bloß nicht: sag's ihnen doch, erzähl's, spar nichts aus, her mit Widerspruch und Wahrheit! Mein lieber Mann! Da müßte erst mal dies und jenes Kapitel in unseren Lehrbüchern ein bißchen genauer geschrieben werden oder überhaupt mal drinstehen. Ich weiß, das alles ist sehr kompliziert. Aber irgendwann sollten wir damit anfangen. Wie sollen sie denn sonst begreifen, wie durcheinander alles sein kann und wie schwer mit dem Zurechtfinden sogar dort, wo man denkt, hier ist alles klar und überschaubar. Hie Freund, hie Feind.

Daß Kinder so schöne Musik machen können. Und so viel Kummer. Das mit den vier Bürschchen war schlimm. Aber es war ja nicht das Schlimmste. Das wirklich Schlimme für mich war das kleine Mädchen. Aus der sechsten Klasse, oder war's die fünfte? Alle Fragen waren schon gestellt, da steht es auf: Ich möchte Sie noch etwas fragen. Bitte. Was haben Sie getan, um Ihrem Bruder zu helfen, als es ihm so schlecht ging bei den Verhören? Die Frage! Mein lieber Mann, das war schlimmer als alles andre. Ich habe nachts nicht geschlafen. Was haben Sie getan, um Ihrem Bruder zu helfen, als es ihm so schlecht ging bei den Verhören.

Als sie meinen Bruder bei den Verhören langsam totschlugen, war ich Soldat, deutscher Soldat an der Ostfront und habe den Nachschub gesichert. Das habe ich getan. Und warum hab ich's dem Mädchen nicht gesagt? Warum. Warum. Weil ich mich geschämt habe vor dem Kind. Ich hab mich geschämt. Zum Glück hat es geläutet. Wir sprechen das nächste Mal darüber. Das nächste Mal. Herrgott im Himmel, wie soll so ein Kind jemals verstehen, was damals in deutschen Familien alles geschehen ist, wenn man ihm nicht die Wahrheit sagt, die noch so schlimme Wahrheit.

Mein Mädel, ich war doch so kleine, so kurz gewachsen und so krank. Und unter einssechzig, hieß es doch, nehmen sie keinen. Und ich war doch einsachtundfünfzig. Ich hab doch immer gedacht, ich nie! Aber als es mit Soldaten knapp wurde, haben sie noch mal gemessen, und da hatten sie offenbar eine andere Latte, und auf einmal war ich einseinundsechzig und Schütze Arsch und gleich an die Ostfront. Wie haben Sie versucht, Ihrem Bruder zu helfen. Mädel, wir wußten doch gar nicht, wo der war, daß der mit'm Fallschirm abgesprungen war, daß die den bei Moskau ausgebildet hatten, daß der sein Funkgerät bis Berlin mitschleppte, daß der gefunkt hat in der Roten Kapelle, daß sie den in die Finger bekommen hatten, daß der verhört wurde – wer wußte das denn? Da ist doch nie einer zu uns gekommen von denen und hat uns mitgeteilt: Ihr Bruder ist in unsrer Hand, möchten Sie ihm helfen, oder wollen Sie ihn noch mal sehen, bevor wir ihn endgültig totschlagen? Und Sie haben niemals versucht zu erfahren, wo der Bruder war? Nein. Was man nicht wußte, wußte man eben nicht. Wir waren viere. Er hatte noch einen Bruder von Vaters erster Frau. Ich hatte noch einen Bruder von Vaters zweiter Frau. Und sein Bruder ist vor Leningrad gefallen, und mein Bruder ist gefallen am Atlantikwall. So war das in unserer Familie. Vielleicht hat Vater vorm Krieg versucht zu erfahren, wo sein Sohn ist. Aber er hat nie mit uns darüber gesprochen. Und mit meiner Mutter, also mit seiner zweiten Frau, hätte er über so was nie ein Wort gewechselt. Über so was nie. Nach dem Kriege hat er gesagt: Ich hab's mir gedacht – wenn der in der Sowjetunion war im Jahre 41, geht der in die Rote Armee. Vater hat nie gesagt, ob's ihn gefreut hat damals. Aber ich glaube, es hat ihn nicht gefreut. Nicht, daß er sich für den Sohn geschämt hat. Alter Sozialdemokrat. Wenn du denkst, dein Glück ist bei der Kommune – in Gottes Namen, geh hin. Hauptsache, mein Hausfrieden wird nicht gefährdet. Das war für Vater das Wichtigste. Er hat immer gelitten darunter, daß er ein Krüppel war. Den rechten Arm hatte er bei Verdun verloren. Das hat er nie verwunden. Und meine Mutter hat ihm das Leben nicht leicht gemacht. Wenn ich an das Huhn denke! Nischt zu essen in der schlimmen Zeit und von dem Huhn jeden zweiten Tag ein Ei! So ein legefreudiges Huhn hatten wir nie vorher und nie wieder, und eines Tages sagt sie: Mir ist nach Fleische. Und er hat das Huhn geschlachtet. Ich bin ein Krüppel, ich muß ihr dankbar sein, daß sie einen Witwer mit zwei Kindern genommen hat. Und schlachtet das Huhn. Vater, sag' ich, Vater! Aber die konnte verlangen, was sie wollte, er hat's gemacht. Und was war das für ein fleißiger Mensch! Er hatte sich eine Vorrichtung gebaut, damit konnte er einarmig den Garten umgraben. Der hatte eine Kraft in seiner Hand! Was brauchte der sich um ihre Vorwürfe zu kümmern. Aber meine Mutter kannte ihre Macht über ihn. Dein Junge hat uns wieder ins Gerede gebracht mit seinem Jugendverband! Prügle's ihm aus! Und der Vater holt sich den Jungen und klemmt ihn mit'm Knie fest an die Wand und mit der linken Hand voll drauf. Ich hab geheult. Schlag ihn nicht, Vater, aber er hört nicht auf. Weil er seinen Frieden haben wollte in der Familie. Damit sie ihn in Ruhe läßt, und er kann zeigen, bin zwar ein Krüppel, aber Kraft hab ich. Und das Verrückte war: Mein Bruder ist ein Roter geworden, weil er erlebt hat, wie der Vater im Krieg nach Hause kam mit einem Arm, und wie er daran gelitten hat, und wie er verändert war, und der Vater hat ihm leid getan, und er wollte doch etwas für seinen Vater tun, gegen die, die ihn zum Krüppel gemacht hatten. Schluß mit dem Krieg! An alle! Er war noch ein Kind, aber irgend jemand hat's ihm gesagt, und er hat's verstanden. War ja nicht schwer. Und dann das alles. Und wenn ihn der Vater gedroschen hat, er hat sich nie gewehrt. Und dabei war er so stark. Vater und wir waren niemals für die Rechten und die Faschisten, aber Kommunismus? Das wäre nie in Frage gekommen. Nie. Wir haben uns nie geschämt für den Bruder, aber stolz, also stolz auf ihn – das waren wir auch nicht. Alles, was die Kommunisten sagten, war für Vater sowieso blanke Illusion. Der Junge hatte eben zu viel Phantasie. Hammer und Sichel, wenn er denkt, das ist es, bitte sehr, soll er.

Warum soll man's den Kindern nicht so erzählen, mit dem Durcheinander und Gegeneinander und dem ungereimten Zeugs, und wenn sie's auch nicht gleich verstehen – irgendwann einmal paßt sich's ins Denken ein, so entstehen eben die Bilder von der Welt und der Vergangenheit. Freilich: Die Ungereimtheiten hören mit Kriegsende ja nicht auf. Das geht ja weiter. Bis zum heutigen Tag. So einfach, wie's in unsern Lehrbüchern steht, so einfach war's beileibe nicht. Ich sag' das ohne Besserwisserei und ohne große Klage, aber ich sag euch: Die Leute, die solche Aussparungen in unserer Geschichte für nötig hielten, also in der Geschichte, die wir alle selbst erlebt haben, also, Liebe zu den jungen Leuten konnten die nicht allzu viel haben und Vertrauen.

Obwohl – ich bin da ganz stille, denn ich hab' mich ja bei dem Mädchen auch um die Antwort gedrückt.

Schön, der Schubert. So was Schönes!

Daß mich nie jemand gefragt hat: Wie war denn das, als Sie nach dem Krieg alles über Ihren Bruder erfahren haben? Also leicht war's nicht, auf so eine direkte Frage eine direkte Antwort zu geben. Heute! Ja, heute! Aber damals. Wie ich da in der Wattejacke nach Hause komme, direkt aus Sibirien, und die sagen zu mir: Dein Bruder ist tot. Es waren ja alle Brüder tot, aber von den zwei andern, das wußte ich schon, also der auch! Sie sagten: Auf dem Vollstreckungsschein steht neben seinem Namen das Wort »Wahrscheinlich«. Das heißt, er hat ihnen in den Verhören nichts gesagt, ein Vierteljahr lang. Nichts. Nicht mal seinen Namen. Dein Bruder war ein Held.

Heldentum, das war damals für die Leute: Flugblätter drucken. Oder Aufrufe an die Wände pinseln. Das war was Moralisches. Er aber hat gefunkt und verschlüsselt. Neue Panzerstärken, Schweizer Geheimverhandlungen, geheime Kommandosachen. Aus der Reichskanzlei in den Kreml. Das war für viele nicht ganz ehrenhaft. Als ob es ehrenhafter gewesen wäre, den Sieg für Hitler zu holen.

Ich hab einen Bezugsschein für 'nen Anzug bekommen und für ein Paar Schuhe und noch einen für einen Mantel. Da könnt ihr mal sehen, hieß es, der Bruder. Und einen Bezugsschein auf Pferdefleisch für die Hochzeit. Du als sein Bruder, du gehst auf Lehrgang.

Mensch, ich war dreizehn, als er aus meinem Leben verschwand. Ich war dreißig, als ich plötzlich wieder sein Bruder war. Du bist Kaufmann gewesen, du wirst für die höhere Qualifikation delegiert! Wie mir davor graute! Bloß weil ich einen Bruder hatte, vor dem sie sich alle ein bißchen schämen, denk ich. Lehrfächer, Lehrpläne, Stundenplan, Marxismus-Leninismus, Klassenkampf, was soll das alles, denk' ich, was hab' ich denn mit dem Zeugs zu tun. Daß ich Kaufmann gelernt hatte, war ja gar nicht mein Wunsch. Mein Vater ging mit mir zum Chef von der Blechbude im Ort, Schlosser wollte ich werden. Sagt der Chef: Was soll der Junge sich schinden, kleine wie der ist, ich war doch damals grade anderthalb Meter, willste ins Büro? Kaufmann? Ich gucke zu Vater, der zwinkert mir zu, ja, sag' ich, will Kaufmann werden. So bin ich Kaufmann geworden. Und nun Klassenkampf und Marx und Lenin. Mensch! Die soll'n mich in Ruhe lassen. Was zum Kaufmann gehört, weiß ich. Ich war, so gesehen, zum Kaufmann geboren. Mein anderer Bruder wollte Englisch lernen, ob ich ihm acht Mark leihen kann für ein Englischlehrbuch. Ja, sag' ich: drei Prozent Zinsen. So dachte ich eben als Kaufmann, man muß sehen, wo man bleibt. Und er hat's mir gezahlt. Und ich hab's genommen. Ohne mich viel zu schämen. Zinsen sind ja erfunden, um bezahlt zu werden. Und jetzt: »Der Imperialismus als höchste Stufe ...«. Mensch, in was bin ich da reingeraten, denke ich. Was hat Kaufmann mit Politik zu tun und dann auch noch mit so einer, die die private Initiative nicht so sehr gern hat. Ich bin nie über eine Vier in diesen Fächern rausgekommen. Mensch, sagen die, schämst du dich nicht? Dein Bruder so, und du so! Allmählich schaff ich's auf Drei. Und irgendeines Tages denk' ich: Politik ist doch wichtiger als alle Kaufmannssachen! Und ich knie mich rein, und beim nächsten Lehrgang, das hört ja dann nicht auf, wenn du dich erst mal hast breitschlagen lassen, denk' ich:

Pfeif auf die Kaufmannsweisheit, kümmre dich um die Politik. Sagen die: nicht so schnell, beides, beides! Nun stand ich wieder dumm da. Heute lachst du drüber. Für alles gibt's ja passende Worte: Das Lachen des Siegers. Ich sag' das Wort so sehr gerne nicht; eigentlich mag ich's überhaupt nicht. Der Anteil am Sieg war nicht allzugroß. Leider. Lacht zu, sag ich. Aber wenn ihr in die Tiefe denkt – da kommt euch nicht das Lachen. Da vergeht's. Da bleibt die Stimme weg. Da sitzt man mit seinem Leben, und das Heulen kommt über einen, ich sag' Heulen, ich meine: Du weinst. Und was mache ich, wenn mir so ein Gedanke bei der Rede kommt. Und der kommt. Nicht weich werden, denke ich immer. Aber es hilft nichts. Warum eigentlich ist es eine so große Tugend, hart zu sein? Ich denke, das ist nur bei uns Deutschen so. Menschliche Regungen, ein Mann, der weint um einen Toten, verzweifeln, in die Knie gehen um einen toten Menschen, das gilt nicht als sehr ehrenvoll. Eine Scheißerziehung, als ob's helfen könnte, ein Stück Menschlichkeit nicht zu zeigen oder gar nicht erst zu haben. Dabei zeigt sich doch erst so, ob einer ein Mensch ist. Wie einer an die Toten denkt, wie ein Volk an seine Toten denkt, wie seine Staatsmänner an die Toten denken, und an welche Toten. Wenn man da anfängt nachzudenken! Dieser Präsident aus Übersee und dieser Kanzler und die beiden Generäle, einer von denen, einer von denen, und die Gräber mit den SS-Runen und »Ich hatt' einen Kameraden, einen bessern findst du nicht«. Feine Herren, feine Verbeugungen. Händedruck. Alles verramscht, was es an Anstand gibt in der Welt. Ich hab genau hingesehn. Ich hab mir auch angesehen, wie der andre deutsche Kanzler niederkniete, wo das Ghetto war in Warschau. So ganz getraut hatte ich dem nicht. Kanzler und Sozialdemokrat. Kann ja alles auch nur Mache sein: Kost nix, macht Eindruck. Nein, der trauerte. Der litt. Der war ja im Krieg auch auf der richtigen Seite. Man senkt eben nicht mal so den Kopf. Man beugt sich zu den Toten. Ich seh' ja auch hin, wenn unsre ihre Kränze niederlegen. Protokollmäßig sind wir ja hochentwickelt. Ich glaube, man sieht, unsre gehen zu Toten als zu Leuten, die sie gut kannten. Man war in denselben Zuchthauszellen, in derselben Brigade in Spanien, man kommt zum alten Nebenmann vom Zählappell. Deswegen ist ja so wichtig, beizeiten zu entscheiden, neben was für einem Nebenmann man im Leben steht.

Siehst du, Mädchen, so geht's durcheinander bei unsereinem, wenn solche Fragen gestellt werden. Daß mich eigentlich nie einer im Kriege gefragt hat, ob ich an meinen Bruder dachte und wie mir ist dabei, weder einer von den guten Freunden noch einer von den andern. Das wundert mich. Die einen fragten nicht, weil sie dachten, ich schäme mich wegen meinem Bruder, und die andern fragten nicht, weil sie dachten, ich schäme mich wegen mir. Ob ich an meinen Bruder dachte im Krieg! Und ob ich an meinen Bruder dachte. Als der Krieg anfing, dachte ich: Hat er nicht immer gesagt, wer Hitler wählt, wählt Krieg? Nun war er da. Und als das mit den Siegen nicht aufhörte, dachte ich: Bruder, was ist denn nur los! Und dann hab' ich an ihn gedacht, als ich an die Ostfront kam, und ich sah die Dörfer und die kleinen Städte. Wie ich da rumstehe und denke: Was ist denn nun die Wahrheit? Diese Katen, diese Dächer, diese Holzhäuser, ein Radio fürs ganze Dorf. Was hatte mir mein Bruder denn immer vorgelesen? Kolchosen, Technik, Fortschritt, Aufbau,

Wohlstand! Was stimmte denn da nicht? Warum hat er mir nie vorgelesen, wie es wirklich war? Was waren denn die ersten zehn Jahre andres als noch mal Hunger und Not. Und die zweiten schon die Gewißheit, der nächste Krieg gegen uns wird schon vorbereitet. Beton mit den Füßen stampfen, die paar Traktoren, dann Traktoren und Panzer, und dann bloß noch Panzer. Und von Traktoren bloß noch träumen. Das hätte unsereiner doch verstanden. Aber nun diese Verwirrung. Nee, Bruder, das war nicht richtig gedacht. Ich hab's ja erst in der Gefangenschaft verstanden, als ich betteln ging. Als Bettler hab ich's verstehen gelernt. Ich war ja nie betteln gegangen, aber einmal stand ich mit einem andern Gefangenen herum, und zwei Sowjetposten unterhalten sich, und einer zeigt dabei immer auf mich, und ich sage zu meinem Kumpel: Was zeigt der denn immer auf mich? Der redet von dir, sagt der Kumpel. Was sagt er denn, du kannst doch Russisch. Gestern haben sie zwei Deutsche begraben, sagt er, wer wohl der nächste ist? Und wer? frage ich. Dünne und elend, wie du bist, wirst du's sein, hat er gesagt. Ich denke, der Hund soll dich anscheißen, ich nicht, und gleich los betteln, irgendwas Eßbares, und ich komme an ein kleines Holzhaus, macht ein alter Mann auf, und ich sage mein Sprüchlein: Ein armer Gefangener bittet um eine milde Gabe. Russisch natürlich. Das war erlaubt, niemals, daß uns einer eins in die Fresse gehaun hat oder angespuckt oder angeschrien oder irgend etwas in der Art, wie es die Deutschen machten mit den Russen, ganz abgesehen, daß die ja gar nicht hätten anklopfen dürfen. Der Alte sagt: Die Hausfrau ist nicht zu Hause, ich bedaure. Verzeihung, sage ich, russisch, und gehe, und er macht die Tür wieder zu. Da höre ich ihn rufen.

Ob ich rauche. Ich dreh' mich um und will schon sagen: Nein, ich rauche nicht, das wäre die Wahrheit gewesen. Aber ich denke: Tabak? Den tauschst du dir ein gegen Brot. Und ich sage: Ja, ich rauche. Ich hab' diesen freundlichen Mann angelogen, ins Gesicht, und er nimmt seinen Tabaksbeutel, Selbstgeschnittenen, und schüttet ihn mir in die Mütze. Ich sage »spassiba«, und bin gegangen. Heute schäme ich mich vor dem, schlimmer als hätte ich gestohlen. Der ist schon längst gestorben. Oder er ist über hundert Jahre alt. Aber zu dem möcht' ich hin und sagen: Entschuldigen Sie, ich habe Sie belogen. Weil ich nämlich in dem Augenblick, als der mir den Tabak in die Mütze kippte, begriff: Die haben allesamt nicht mehr zu essen als die Gefangenen. Warum hat uns das damals keiner gesagt? Stolz. Stolz hin, Stolz her. Es wäre für uns alle ein wichtiges Wissen gewesen damals. Und ins Gras gebissen hätte ich nicht wegen Hunger, ins Gras gebissen hätte ich wegen einer japanischen Laus. In einem Lager in Kasachstan schenkt mir ein japanischer Internierter eine amerikanische Beutedecke, und von den Läusen bekam ich das Fleckfieber. Am Ende wog ich fünfundsiebzig Pfund. Und keiner gab mehr einen Pfennig für mein Leben. Und – wie das Leben so spielt – zur gleichen Zeit war die Frau, die mein Bruder geheiratet hatte, in Korea an der japanischen Front. In Tscheljabinsk hatten sie sich kennengelernt, er war in dem Traktorenwerk Facharbeiter, sie Ärztin, und wenn sie Krankenbesuche machte bei spanischen und deutschen und polnischen Emigranten, brauchte sie einen, der Deutsch und Spanisch, Französisch und Russisch konnte. Und einmal sind die beiden ins Theater gegangen, und da war's geschehen.

Endokrinologie, also Lymphe, war ihr Fachgebiet. Und noch ein Vierteljahr, und er kam nach Moskau zur Ausbildung in Fallschirmspringen und Funken und sie an die Front im Fernen Osten, und nur noch Briefe. Und wenn's die Briefe nicht gäbe, wüßte ich fast gar nichts über ihn und was er dachte in der Zeit, die Deutschen vor Moskau. Er hat ihr's geschrieben. Und darum weiß ich, er hat an uns gedacht. Einmal in der Straßenbahn, in Moskau, es war schon Krieg, und ein Hauptmann fragt ihn etwas, und er antwortet, da sagt der Hauptmann: Russe sind Sie wohl nicht? Nein, sagt mein Bruder. Litauer? Nein, ich bin Deutscher. Da sieht ihn der Mann lange an: Ist wohl auch nicht leicht für Sie, wie? Nein, sagt er, weiß ich denn, ob nicht meine Brüder auf der andren Seite vom Schützengraben stehen. Und wie recht er hatte. Er hat's seiner Frau geschrieben. Klaudia, liebste Klaudia, hat er immer geschrieben. Liebste Klaudia. »Ich leide schwer unter den Angriffen der Faschisten, weil ich mich als Deutscher für jedes ihrer Verbrechen mitverantwortlich fühle.« Und ich war am Ende noch in Königsberg. Mit dem letzten Zug bin ich vom Urlaub noch rein in die Stadt. Vater hatte mich in Chemnitz zum Zug gebracht. Komm heil heim, Junge, sagt er, aber nicht abhaun, die kriegen alle. Das funktioniert bis zum letzten Tag. Wenn die Russen kommen, sagt er, Hände hoch, nicht vorher rübermachen. Laß dich gefangennehmen. Aufhängen kannste dich immer noch, wenn's nötig ist. So hat er gedacht. Ich hab' mich nicht aufgehängt. Aber ich war vier Jahre in Gefangenschaft. Und dann heim in der Wattejacke. Das Pferdefleisch zur Hochzeit werde ich nie vergessen. So was Gutes und Zartes. Man hat ja nie gewußt, wie so was schmecken kann. Meine Frau hat's als Sauerbraten gemacht. War 'ne schöne Hochzeit. Und meine Schwägerin habe ich dreißig Jahre später kennengelernt. Klaudia. Ich hatte bissel Angst davor.

Man sollte nur diese schöne Musik spielen und ein Gedicht und ein paar Worte, nichts von alledem Zeug. Es wuchert einem aus der Hand. Man fängt's nicht ein. Ich hatte Angst. Eines Tages ein Brief. Sie möchte seine Familie sehen, und ich bin der letzte, und sie macht sich auf den Weg vom Ural zu uns, und ich steh' auf dem Bahnhof, zwei Tabletten zur Beruhigung. Sie schrieb, sie will in Berlin auf den Friedhof, wo die 3000 liegen, wo der Krieg zu Ende ging. Ich denke, reiß dich zusammen, halte durch; aber ich hatte das Hemd durchgeschwitzt, da war der Zug noch in Frankfurt/Oder. Und auf einmal geht der Dolmetscher beiseite und spricht mit zwei Sowjetoffizieren und kommt mit ihnen zu mir, er hatte gehört, die warteten auch auf jemanden aus Tscheljabinsk, und zwar auf den Begleiter meiner Klaudia. Ich staune, und was stellt sich heraus? Der Begleiter war in einer Einheit, die Berlin genommen hatte, Panzerfahrer. Und er wollte die alten Stellen besuchen. Das muß man sich mal vorstellen. Da hat mein Bruder im Ural an einer Traktorenfabrik mitgebaut und dann mußten sie dort Panzer bau'n, dann geht er hinter die Front bis Berlin, dann schlagen sie ihn hier tot, die Asche in alle Winde, und dann kommt einer auf so einem Panzer vom Ural nach Berlin, und dreißig Jahre später steh' ich hier in Berlin und umarme die Witwe. Klaudia hatte einen hellen Mantel an, ich hab' sie sofort erkannt. Wie einer sucht, wie eins sich umschaut. Klaudia. Sie hatte, ich weiß nicht, warum, einen Mullverband an der rechten Hand. Ich hab' sie später besucht in Tscheljabinsk. Die Wohnung ist noch so wie damals, als sie geheiratet haben! Anders könnte ich nicht leben, sagte sie. Am letzten Tag dann sind wir zum Ehrenmal. Erst war sie ganz stille, dann kniet sie mit einemmal in ihrem hellen Mantel hin, und weil sie die rechte Hand noch immer in dem Mullverband hatte, streichelt sie mit der Linken die Steinfliesen und sagt immer was und sagt immer was, ich frage den Dolmetscher, was sagt sie denn immer? Mein Einziger, sagt sie, mein Einziger. Später hat sie mir gesagt: Mein Bruder war ihr einziger Mann. Ich knie neben ihr und will ihr helfen, aber wie? Und damit ich nicht auch anfange mit Heulen, seh' ich irgendwohin, da seh ich diesen Bronzesoldaten mit dem Schwert und dem Kind auf dem Arm. Hätten wir doch das Land dort Traktoren bauen lassen, sie hatten sie bitter nötig, und ich hätte meinen Bruder behalten und sie ihren Mann und alle alles andre. Soll doch mich keiner belehren wollen über Schwerter und Pflugscharen.

Diese Musik und danach meine Rede. Die vier Bürschchen sollen sich wundern! Man muß immer die Schwierigen im Auge haben. Immer die Letzten im Saale. Die letzte Reihe. Um die muß man reden wie um die eigene Seligkeit. Hast du die, hast du alle. Irgendwie hat man das vergessen in den Kreisen, wo die Redner leben. Sie halten das für veraltet. Dabei wußten sie's doch, als sie um jeden im Saal sich anstrengen mußten. Als hätte sich da was geändert. Sie glauben, man braucht nicht mehr Feuer aus den Seelen zu schlagen mit einer Rede. Sie glauben, die im Saal müssen sowieso zuhören. Manchmal denke ich, sie glauben, heimlich, eine Rede kann eigentlich gar nichts mehr bewirken. Reden werden eigentlich gar nicht für die im Saal gehalten. Aber für wen denn sonst? Wenn man will, daß eine Rede in die

Seelen fährt, muß man sich selber aufmachen. Schon beim Aufschreiben. Irgendwas muß in dir zum Fliegen kommen, irgendwie hängt das zusammen mit Kunst. So gesehen war auch ein Gedicht nicht schlecht. Musik und ein Gedicht. Das Lieblingsgedicht von meinem Bruder war die alte Waschfrau von Chamisso.
    Du siehst geschäftig bei dem Linnen
    die Alte dort im weißen Haar.

Er hat's mir so oft vorgesagt, bis ich's auswendig kann.
    Die rüstigste der Wäscherinnen
    im sechsundsiebenzigsten Jahr.
    So hat sie stets mit sauerem Schweiß
    ihr Brot in Ehr' und Zucht gegessen
    und ausgefüllt mit teurem Fleiß
    den Kreis, den Gott ihr zugemessen.
    Wenn jemanden Gott stört, soll er doch denken:
                           das Leben –
    Sie hat in ihren jungen Tagen
    geliebt, gehofft und sich vermählt,
    sie hat des Weibes Los getragen,
    die Sorgen haben nicht gefehlt,
    sie hat den kranken Mann gepflegt,
    sie hat drei Kinder ihm geboren,
    sie hat ihn in das Grab gelegt
    und Glaub' und Hoffnung nicht verloren.

Hätte er mir nur mehr solche Gedichte beigebracht. Jetzt kommt, wie sie die Kinder großzieht, entließ dann segnend ihre Lieben, so stand sie nun allein und alt, ihr war ihr heitrer Mut geblieben.

Dieses spricht er wie unordentliche Prosa

Sie hat gespart und hat gesonnen
und Flachs gekauft und nachts gewacht,
den Flachs zu feinem Garn gesponnen,
das Garn dem Weber hingebracht,
der hat's gewebt zu Leinewand.
Die Schere brauchte sie, die Nadel,
und nähte sich mit eigner Hand
ihr Sterbehemde sonder Tadel.
Ihr Hemd, ihr Sterbehemd, sie schätzt es,
verwahrt's im Schrein, am Ehrenplatz,
es ist ihr erstes und ihr letztes

Ihr ein und alles, mußt du denken, hat er mir immer gesagt –

ihr Kleinod, ihr ersparter Schatz.
Sie legt es an, des Herren Wort
am Sonntag früh sich einzuprägen.
Sich's Sterbehemde anzuziehen am Sonntag,
davor hat's uns beiden immer gegraut –
dann legt sie's wohlgefällig fort
bis sie darin zur Ruh' sie legen.
Und ich an meinem Abend wollte,

Und das ist der Sinn des Gedichts, hat mich mein Bruder gelehrt –

Und ich an meinem Abend wollte,
ich hätte, diesem Weibe gleich,
erfüllt, was ich erfüllen sollte

Er wiederholt die Zeile.

in meinen Grenzen und Bereich.
Ich wollt', ich hätte so gewußt,
am Kelch des Lebens mich zu laben,
und könnt' am Ende gleiche Lust
an meinem Sterbehemde haben.

Ohne Rede wird's wohl nicht gehen.

Na ja. Andererseits: Warum soll man nicht schon den Kindern sagen, daß jeder, wenn er sein letztes Hemde anzieht, vor sich Rechenschaft ablegen muß.

Wahrscheinlich war's aber doch nicht ganz das Richtige.«

Sprecher: Der Mann geht vom Fenster zurück zur Tür. Er hebt die Hand, der Zeigefinger ist schon gekrümmt. Wieder zögert er. Aber er klopft nicht an die Tür der Direktorin.

Mann: »Eigentlich gar nicht mehr nötig, reinzugehen. Sie weiß doch überhaupt nicht, daß ich hier war. Vielleicht ist auch zu erfahren, was das für Senderöhren waren. Die würden staunen. Und so gesehen – sie haben ein Recht auf Fragen. Und ein Recht auf Antwort. Und sollen sie's hören, wenn mir die Stimme zittert. Sollten sie nicht verstehen, wenn einer um seinen Bruder weint?«

Sprecher: Der Mann läßt die Hand sinken, sieht noch einmal zu der Stelle, an der er aus dem Fenster sah.

Mann: »Man muß davon sprechen wie von einer alten Geschichte. Es waren einmal zwei Brüder. Sie waren jung und lebten in Deutschland. So fang' ich an. Darauf läuft's doch am Ende hinaus. Es lebten einst zwei Brüder.«

Sprecher: Er geht treppab, er öffnet das Tor, er tritt hinaus. Es ist wieder Stille im Haus, denn auch das Orchester hat seine Probe beendet.

Vorfall am Elisabethbrunnen

Radiomonolog einer Frau

In unserer Stadt sind Scheußlichkeiten geschehen, und in unserer Stadt wurde Liebe gelebt. Scheußlichkeiten und Liebe bringen mich vor das Gericht unserer Stadt. Die Anklage wird lauten: Körperverletzung und Kuppelei, Kuppelei Minderjähriger. Keine Erklärung, keine Einleitung, keine Versicherung, die Wahrheit zu sagen und nichts als die Wahrheit. Es werden die Eltern im Saal sein, Lehrer, Frauen aus dem Bund der Lesben, Ärzte, Seelsorger, die Leute von der Zeitung. Ich habe alle eingeladen. Alle werden die Gelegenheit wahrnehmen.

Ich werde sagen: Hohes Gericht! (Wenn man Hohes Gericht sagt. Aber ich werde sagen:) Hohes Gericht! Ich beginne mit der von mir vollzogenen Körperverletzung an dem Schüler der 12. Klasse des hiesigen Gymnasiums, Claus Quaiser. Claus mit großem C.

Hohes Gericht! Ich ging an jenem Tag, meine Begleiterin, auf die ich im zweiten Teil meiner Erklärungen zu sprechen kommen werde, am Arm führend, über den Marktplatz unserer Stadt. Beim Elisabethbrunnen angekommen, sah ich eine Gruppe junger Leute. Man verabschiedete sich. An ihren Tennisschlägern und der Kleidung waren sie als Mitglieder des Tennisclubs der Stadt zu erkennen. Mit dem Rücken zu mir und meiner Begleiterin stand Claus Quaiser. Sich umwendend erblickte er uns und zögerte einen Augenblick, ungewiß, ob er die Richtung, die er einschlagen wollte, weitergehen oder ändern sollte. Er entschloß sich, seinen Weg an uns vorbei zu nehmen. In seinen Augen war erst Entschlossenheit zu sehen, dann Verärgerung, ein Widerwille, der in Kälte überging, die aus tiefstem Innern kam. In meinen Augen lag gewiß derselbe Ausdruck. Einer versuchte dem anderen zu zeigen, daß dieser Widerwille, diese stumme Feindschaft, nie mehr vergehen wird. Feindschaft bis ans Ende.

Wäre Quaiser so an uns vorübergegangen, ohne Wort, in stummer, deutlich gezeigter Verachtung, es wäre nichts geschehen. Mit einem Male aber veränderte sich der Ausdruck seines Gesichts. Sein Mund begann zu lächeln, er zeigte zugleich, daß er eigentlich nicht lächeln wollte, aber beim Anblick meiner Begleiterin lächeln mußte. Was eben noch Widerwille bei ihm gewesen war, ging in Ekel über. Wäre er so an uns vorübergegangen, hätte ich wahrscheinlich die Gewalt über mich behalten. Aber er zeigte mir dieses Lächeln des Siegers, den Blick dessen, der recht behalten hatte im Streit. In mir stieg erst Scham auf, ich schämte mich für ihn vor meiner Begleiterin, dann eine Welle von Wut. Nein. Nicht Wut. Es war Zorn. Nein. Was in mir aufstieg, war Haß. Alles in mir ging in Haß über, kalten, unbeherrschbaren Haß. Ich schäme mich nicht. So niedrig es sich auch anhören mag. Ich schäme mich nicht.

Ich löste meinen Arm aus dem meiner Begleiterin, denn sie muß geführt werden und wird geführt werden müssen bis an das Ende ihres Lebens, ich löste also meinen Arm aus ihrem und streckte ihn aus nach der Schulter des Herrn Claus Quaiser, der uns schon fast passiert hatte. Man wird mir den Vorwurf machen, es unterlassen zu haben, ihm mitzuteilen, daß ich Judo erlernt habe und Trägerin des schwarz-roten Gürtels bin. Und ich werde diesen Vorwurf und seine Folgen ertragen müssen. Ich sah Spott in diesem Gesicht, gemischt mit Siegesbehagen. Als ich seine Schulter festhielt und er sich mir zuwandte, wartete ich darauf, daß Unsicherheit und Angst in seine Züge kämen, es hätte genügt, daß ich von ihm abgelassen hätte. Ein stummes Zeichen von Eingeständnis hätte mir genügt. Aber in Claus Quaisers Gesicht veränderte sich nichts. Er lag mit diesem Gesicht auf dem Pflaster des Marktplatzes, noch bevor er eine Abwehr hätte ansetzen können. Es sind jahrelang erlernte und hundertmal geübte Griffe. Er lag auf seinem Gesicht. Ich bückte mich und riß ihn so schnell, wie er gestürzt war, wieder hoch, sah sein Gesicht, hatte keinen anderen Wunsch, als ihm in seine Augen oder auf die Stirn zu speien. Er blutete aber am Jochbein, und ich drückte ihn ein zweites Mal zu Boden. Er war benommen, man konnte meinen, er sei hilflos, aber als ich ihn zum zweiten Mal vom Pflaster hochriß, sah ich ein zweites Mal den Siegerhaß in seinen Augen. Er wird sich zur Wehr setzen, dachte ich und griff seinen rechten Arm so, daß er Schmerz fühlen mußte. Dabei drehte ich ihn meiner Begleiterin zu und zwang ihn, ihr ins Gesicht zu schauen. Mein einziger Gedanke war, ihn in den Zustand zu bringen, in den meine Begleiterin durch ihn gebracht worden war. Er soll leiden bis an sein Lebensende, so wie sie bis an ihr Lebensende außerhalb ihrer selbst sein wird. Töten, dachte ich, wäre eine zu milde Strafe. Man muß Siechtum über ihn bringen, wie er Siechtum über sie gebracht hat.

Eine Stimme in mir sagte, mach ein Ende mit dem, was du da vorhast, sonst geschieht etwas, das du nicht mehr beherrschst. Ich drehte ihn zu mir. Ich sagte: »Sie wissen, wofür«, und warf ihn ein drittes Mal auf das Marktplatzpflaster. Bevor sein Gesicht wieder auf die

Steine schlug, glaubte ich zu hören, daß er gesagt hatte: »Ja, ich weiß.« Aber ich hatte mich nicht mehr in der Gewalt. Einen Augenblick verlor ich fast das Bewußtsein vor Wut und Haß und war ohnmächtig, mich zu beherrschen. Es war ein lebensgefährlicher Augenblick. Lebensgefährlich für Claus Quaiser und lebensgefährlich für mich.

Ich weiß nicht, ob seine Eltern mir zuhören. Welche Mutter, welcher Vater kann ertragen, daß der Sohn einen Schlag empfängt oder so schwer verletzt wird, daß er sein Leben lang hoffnungslos krank ist. Gelähmt. Sein Körper oder sein Gehirn. Hat er doch eben noch Tennis gespielt, mit seinen Freunden gesprochen, mit einem Mädchen geflirtet, und plötzlich ein einziger Griff, ein einziger Schlag, und er liegt am Boden und ist bis zum Ende seines Lebens siech. Zwei Sekunden dauert ein Griff, vielleicht drei Sekunden. Ich will jetzt davon sprechen, was mich so weit gebracht hat, Klaus Quaiser dreimal auf das Pflaster unseres Marktplatzes schlagen zu lassen.

Hohes Gericht. Vor anderthalb Jahren rief mich meine Freundin aus Den Haag an. Sie ist mehr als eine Freundin. Wir gehören seit unserer Kindheit zusammen. Wir sind wie Geschwister. Nach allen Jahren, in denen uns die Mauer trennte. Wir waren getrennt, aber wir dachten gemeinsam. Warum das so gekommen war, werde ich später sagen.

Sie fragte mich, ob ich ihr helfen könne. Ich brauchte gar nicht zu wissen, worum es ging, ihr würde ich helfen, immer, was sie von mir auch verlangte. Ihr Beruf ist der einer Stenografin. Holländisch, Deutsch, Englisch. Man hätte ihr die Gelegenheit geboten, ihre Kurzschriftkenntnisse in Schwedisch zu erweitern. Dazu war es nötig, ein halbes Jahr in einer mittelschwedischen Stadt zu leben. Sie wollte, daß ihr Sohn die Zeit nutzen könnte, sein Deutsch zu vervollkommnen, das er fast wie eine Muttersprache beherrschte, und so fragte sie mich, ob ich ihn für ein halbes Jahr bei mir aufnehmen und in unserer Stadt das Gymnasium besuchen lassen könnte. Ich bewohne ein Haus am Rande unserer Stadt, das ich erbte, ich bewohne es für mich allein, dazu ein Garten. Es gab also nichts zu überlegen. Ich nahm Ken, den Sohn meiner Freundin, auf. Ich hätte ihn auch für ein ganzes Jahr und länger aufgenommen, um ihr einen Freundschaftsdienst zu erweisen, etwas Gutes für sie tun zu können.

Ich fragte bei der Schulbehörde an, legte alle nötigen Papiere vor, man gab die Einwilligung. Ich sprach mit seinem künftigen Klassenleiter, Geografie und Deutsch, und der Klasse wurde ein Holländer als Mitschüler angekündigt. Man war neugierig, man kennt ja jetzt Amsterdam, man fährt hin, sitzt in Kneipen, spaziert an den Grachten, man kennt die Plätze der Dealer, die großen Schaufenster mit den Damen in Unterwäsche, man weiß über die Holländer Bescheid. Die Männer sind blond, behäbig, breitschultrig, blauäugig, germanisch, neigen zum Fettwerden, sind begabt, nicht ganz so begabt wie die hiesigen Germanen, aber uns doch sehr nahe.

Es kam aber ein schwarzhaariger, schlanker, schnellfüßiger Holländer, der an Java erinnerte, aber nicht an Den Haag, der einen indonesischen Vornamen trug und einen deutschen Familiennamen. Was ist das für eine Familie, fragten sich die Schüler.

Lassen Sie mich ein Wort zu dieser Familie sagen, sie ist ein Teil auch meiner Familie, soweit ich jemals eine

Familie besaß. Der Vater meiner Freundin war Deutscher. Güte zeichnete ihn aus, Hilfsbereitschaft, Toleranz, gediegene Männlichkeit. Zu Beginn der dreißiger Jahre hatte er eine Niederländerin kennengelernt, es war eine Liebe vom ersten Tag an. Sie waren beide noch sehr jung, Anfang Zwanzig, sie war reicher Leute Kind, sehr reicher Leute Kind, er heiratete sie, nahm die niederländische Staatsbürgerschaft an. Dieser Mann war mein Onkel. Den Krieg überlebte er als wohlhabender Holländer. Anders meine Mutter. Als Brüderchen reich heiratete, sagte sie, es geht nicht darum, reich zu heiraten, sondern die Welt zu verändern. Zwei Wünsche ihres Lebens: die Welt verändern und ein Kind gebären, das in dieser veränderten Welt lebt. Schwierigkeiten über Schwierigkeiten. Meine Mutter ging im Jahre 1935 in die Illegalität. An ein Kind war nicht zu denken, und die Zeit, in der sie in der dritten Republik Frankreichs sich frei bewegen konnte, war zu kurz um für ihr Kind den Vater zu finden, der ihr hätte gefallen können. 1941 ausgeliefert an Deutschland, als Pflegeschwester in der Krankenbaracke von Ravensbrück, hielt sie der Gedanke am Leben, nach dem Krieg ein Kind zu haben. Sie hätte nicht die Kraft zum Überleben aufgebracht, hätte nicht die Freude auf ein Kind sie alles ertragen lassen.

Der Krieg war vorbei, der Arzt sagte: »Ich beschwöre Dich, kein Kind! Nach der Arbeit in der Krankenbaracke kann ein Kind kommen, das nicht am Leben bleibt.« »Mein Kind wird überleben«, sagte sie. »Es kann ein Kind entstehen, das ein entstellter Mensch ist«, sagte der Arzt. »Mein Kind wird gesund sein wie ich.« Sie tat sich mit einem von früher zusammen, man kannte sich kaum, man beschloß, sich zu lieben, die

Zeit drängte, das Kind war das Ziel und der Sinn. Sie zeugten ein Mädchen. Hier stehe ich. Und doch hatte der Arzt recht. Ich hätte nicht überleben können, hätte meine Mutter mich nicht zu ihrem Bruder gebracht. Er lebte in Den Haag, es war zwei Jahre nach Kriegsende. »Da hast du nun die Welt verändert«, sagte er, »und ich habe reich geheiratet.« Was war nun richtiger? Sein Kind war ein Mädchen, ein Jahr älter als ich. Er hat es gezeugt in der Nacht, als die Deutschen aus der Stadt gezogen waren. Ich wuchs mit seinem Kind auf. Zwei Mädchen wie Schwestern. Als ich sprechen lernte, waren es holländische Worte, die ich als erstes lernte. Als ich drei Jahre alt war, holte mich meine Mutter zurück nach Berlin. Ich hatte keinen Vater mehr, meine Mutter starb, als ich zehn Jahre alt war. Ich wuchs in Internaten auf. Dann holten mich Freunde meiner Mutter zu sich, von ihnen erbte ich das Haus, in dem ich lebe.

Ken wohnte ein halbes Jahr mit mir in diesem Haus. In der Klasse hat man nie nach seinem Vater gefragt. Man dürfe seine Mutter nicht kränken, meinte man. Man wollte taktvoll sein. Ein Indonesierkind konnte doch nichts anderes sein als das mißglückte Bettspiel einer ungeschickten Holländerin. Was sucht ein Indonesier in den Niederlanden anderes als weißes Frauenfleisch? Was verführt eine Holländerin? Ein exotischer Körper.

Meine Freundin war Anfang Zwanzig, als sie den Mann aus Jakarta kennenlernte. Er war die erste wirkliche Liebe ihres Lebens, und er ist es bis heute geblieben, Er kam nach Holland, als der Krieg vorbei war, den die Niederlande gegen Indonesien verloren. Sie hat nie erfahren, wer diesen Mann, der doppelt so alt war wie sie, von Jakarta nach Den Haag geschickt hatte. »Je weniger sie wüßte, desto besser sei es für sie und ihn«, sagte er. »Und du weißt es bis heute nicht?«, fragte ich sie einmal. »Nimm an, daß es so ist«, antwortete sie.

Kaum daß Ken zur Welt gekommen war, wurde der Mann nach Indonesien zurückberufen. »Warum?« fragte ich sie. Sie wußte es nicht, sie weiß es nicht bis heute. Je weniger sie wüßte, desto besser für sie und Ken, sagte man ihr. Eines Tages erfuhr sie, daß Kens Vater umgekommen war. »Du weißt bis heute nicht, wie und warum?« fragte ich sie. »Nimm an, daß es so ist«, sagte sie mir. Ihr Vater konnte ihre Haltung nie verstehen. Aber er half, wann immer sie ihn um Hilfe bat.

Ken begriff sehr bald, daß im Gymnasium unserer Stadt selbst die Lehrer wenig wußten vom Krieg der Niederlande gegen Indonesien. Es ist ja alles vor fünfundvierzig Jahren geschehen. Jahre vor der Geburt der meisten Lehrer.

Ken hatte in der Schule glänzende Leistungen vorzuweisen. Als ich ihn fragte, wie er sich in der Klasse fühle, lächelte er. »Ich zähle als Ausländer, nicht als Holländer.« Ich nahm ihn in meine Arme und küßte ihn. Manchmal stellte ich mich zur Zeit der großen Pause etwas entfernt vom Schulhof unter einen Baum, um ihn und seine Mitschüler zu sehen. Meist verbrachte er die Zeit allein.

Eines Tages sprach er mit dem Mädchen. Sie standen etwas abseits. Sie sah ihm zu, wenn er sprach. Als die Pause vorüber war, reichte sie ihm die Hand. Er folgte ihr erst nach einer Weile, als wollte er zeigen, daß sie nicht zu ihm, er nicht zu ihr gehörte. »Sie ist mit Claus Quaiser liiert«, sagte er, als ich ihn fragte. »Wer ist Claus Quaiser?« »Der Sohn eines wichtigen Mannes in der Stadt. Sie ist die Tochter eines ebenso Wichtigen, der mit dem Vater Quaisers im Amt verbunden ist.« »Wie heißt sie«, fragte ich. »Sie heißt Evelyn.« – »Sie ist ein sehr schönes Mädchen.« – »Ja«, sagte Ken, »sie ist ein sehr schönes Mädchen.«

Was ist Schönheit. Die Schönheit eines Mädchens. Ihr Blick fällt auf dich, und ihr Bild bleibt in dir. Der Wunsch, sie noch einmal zu sehen, vergeht nicht. Sie richtet ein Wort an dich, und du weißt, der Mund, der die Worte sprach, und die Hand, die ihnen Bedeutung gab, werden in deiner Erinnerung bleiben. Claus Quaiser war damals die Mitte ihres Lebens. Er und Evelyn waren ein Paar. Mädchen ihrer Art, wenn sie lieben, wirklich lieben, lieben, wie Frauen lieben. Einmal, als ich Ken abholte, um mit ihm in einem Restaurant Mittag zu essen, sah ich die beiden aus dem Tor des Schulhofs kommen. Man sieht im Film manchmal viele Leute auf die Kamera zugehen, und plötzlich sieht man zwei in dem Durcheinander, und man weiß, um diese zwei wird es sich handeln. Evelyns Blick traf eines Tages Ken, und Quaiser wußte, daß Claus Quaiser in Evelyns Seele erlosch. Er hatte sie als seinen Besitz betrachtet. Wie Männer es gewohnt sind. Sie lernen so zu denken schon als Jünglinge. Schon als Knaben. Jünglinge dieser Art, wenn sie, was sie als ihren Besitz betrachten, verlieren, verlieren, wie Männern dieser Art zu verlieren gelehrt wurde. Mit Haß. Sie wissen, daß sie zu Schatten werden für die Frau oder das Mädchen, und waren doch noch gestern die Sonne.

Es gab von diesem Tag an keinen freien Nachmittag, an dem Ken und das Mädchen nicht zusammen waren. Sie gingen den kleinen Boulevard unserer Stadt auf und ab, hin und her, sahen die Welt kaum, sahen nur sich, tranken Tee, saßen im Kino, saßen im Garten unter den Bäumen, sprachen, küßten, fühlten einander. Einmal lieh er sich mein Fahrrad, sie fuhren den Fluß entlang, wo es an den Hügeln keine Straßen mehr gab, nur Wege und hohes Buschwerk, geschlagene Hölzer, kleine Haine, hohe Gräser. Eines Tages kam er in Unruhe und zorniger Haltung zurück. Quaiser sei ihnen heimlich gefolgt, sagte er, und habe sie, wie sie zu spät sahen, fotografiert. Die Fotos bedeuten Ungutes, aber nichts geschah.

Die Bürger der Stadt sahen die beiden und sahen ihnen nach. Man sagte: Warum kein deutscher Junge? Evelyns Vater sagte: »Man spricht über dich, was bedeutet, man spricht über mich, deinen Vater. Geh zurück zu Claus.« Seinem Sohn sagte Herr Quaiser: »Vergiß sie, sie ist deiner nicht wert.« Claus sagte zu Evelyn: »Du wirst es bereuen.« Er sagte es ihr an dem Tag, an dem sie ihre Liebe zu Ken – wie soll ich es nennen – öffentlich bekanntgab.

Man hatte in der Nacht zuvor in einem Ort jenseits der Autobahn mit einem Baseballschläger so lange auf einen Afrikaner eingeschlagen, bis er sich nicht mehr bewegte. Er wurde am Morgen, tot auf der Straße liegend, gefunden. Die Totschläger waren noch am selben Tag gefunden. In der Schule legte Ken ein schwarzes Stirnband als Zeichen seiner Solidarität und Trauer um die Stirn, und auch Evelyn band sich ein schwarzes Tuch ins Haar. Die Klasse sah zu und schwieg. Auch die Lehrer fragten die beiden nicht und sagten nichts. Aber sie berieten. Ich weiß nicht, zu welchem Beschluß sie kamen. An diesem Tag erzählte Ken Evelyn vom Leben und vom Tod seines Vaters. Er hatte keinem Menschen je ein Bild seines Vaters gegeben. An diesem Tag gab er Evelyn ein Bild seines Vaters.

Die beiden merkten bald sehr deutlich: Man veränderte das Verhalten ihnen gegenüber. Ich sagte Ken: »Von jetzt an trägst du Verantwortung für Evelyn. Ihr seid schutzlos, kommt in mein Haus. Der Ort eurer Liebe soll hier sein. Bei mir.« Ich frage: Ist Liebe in diesen Lebensjahren verurteilt – auch heute noch – sich zu verstecken?

Ich könnte jetzt sagen: Ich lud sie ein zu Kaffee und Gespräch. Von anderem wüßte ich nichts. Warum aber soll ich lügen? Ich wollte, daß sie Schutz haben. Wände um sich. Stille, sie sollten sich in Geborgenheit lieben, fern allen Ängsten, allen Augen, allem Neid, allem Geflüster anderer. Sie sollten haben, was Liebe verlangt. Nähe, Wärme, Schlaf, Geruch, was Menschenliebe braucht, um Liebe zweier Menschen zu sein, nicht dieses Verwahrlosende, das Sex genannt wird und soviel Barbarisches angenommen hat. Es geht um einen Vorgang, der durchgesudelt wird, von dem man spricht wie von Verdauungsvorgängen, dieser neue Sex, der, als letzte Sensation, jetzt nicht mehr hinter abschließbaren Türen vollzogen wird, sondern nur ein paar Schritte abseits vom Straßenverkehr.

Ich sagte: »Willkommen, ihr Lieben, hier ist der Schlüssel, hier die Jalousie«, ich küßte sie beide, ließ sie allein, ich sagte: »In drei Stunden bin ich zurück.« Ich sagte: »Euer Tee, euer Bad«, ich sagte: »Habt es gut miteinander.« Ich wünschte ihnen alles denkbar Gute für ihre Liebe. Es war eine glückliche Zeit für die beiden, wie ich sie allen Liebenden wünsche, allen, und jungen Liebenden besonders.

So verging die Zeit, die ihnen in unserer Stadt gegeben war. Manchmal kam Ken am Abend zu mir und erzählte von seiner Mutter, seinem Vater, als sollten die ihm Nächsten einbezogen werden in sein Geheimnis. Das halbe Jahr war um.

Als er in den Zug stieg, der ihn zurück nach Den Haag brachte, hielt Evelyn sich an mir fest. Ich hatte zu tun, nicht zu stürzen, er ließ das Fenster nicht herunter. Der Zug fuhr an, sie legte ihr Gesicht in meinen Mantel. So blieb sie, bis der Zug nicht mehr zu sehen war. Keine Tränen, keine Worte. Als gingen beider Leben zugrunde.

Sie schrieb ihm jeden Tag. Sie schrieb ihm von den Umarmungen und Gesprächen, die sie nun nicht mehr hatte und ohne die ihr Leben kein Leben mehr war, von seinen Gedanken, die sie Tag und Nacht immer von neuem durchdenke und in denen sie sich zu Hause fühle, daß es ihr vorkomme, sie lebe in diesen Gedanken mit ihm, dem fernen Geliebten, und nicht in der Welt, die sie umgab, daß sein Mund, seine Hände, seine Stimme nicht Erinnerung, sondern immer noch Gegenwart seien. Sie verbrachte viele Stunden, manchmal ganze Nachmittage mit dem Schreiben der Briefe. Und niemals kam ein Brief von Ken. Je länger sie wartete, desto öfter kamen Unruhe und Migräne über sie, die ihr Schmerzen und Übelkeit bereiteten. Sie begann Tabletten zu nehmen. Abends, um schlafen zu können, am Morgen, um wach zu werden, tagsüber, wenn sich der Abfall aller Kräfte ankündigte, das Licht den Augen, Geräusche dem Kopf Schmerzen bereiteten.

Die Apothekerin sprach mit Evelyns Eltern und den Lehrern. Das werde wieder vergehen, sagten die einen und die andern. Aber es verging nicht. An einem Tag, an dem die Migräne stärker als sonst einsetzte, schickte der Lehrer Evelyn nach Hause. Er verlangte, daß sie einen Arzt aufsuche. Es war ein regnerischer Vormittag, und die Stadt lag in Grau, die Luft war feucht. Am Elisabethbrunnen setzte sie sich auf eine Bank. Niemand beachtete sie. Die Schmerzen im Kopf wurden unerträglich, im Leib machte sich Übelkeit breit. Sie sah sich nach Bekannten um, die ihr nach Hause hätten helfen können. Als sie an der Heiligen Elisabeth vorbei auf die andere Straßenseite blickte, sah sie ihre Mutter. Sie wollte nach ihr rufen, aber im Gang der Mutter zeigte sich Nervosität, unruhige Zielstrebigkeit. Sie sah ihre Mutter das Postgebäude betreten. So schwer es ihr fiel, sie stand auf und ging der Mutter nach, stellte sich in eine Nische, sah, wie sie sich am Schalter Post aushändigen ließ, hastig Briefe aussortierte, einen der Briefe an sich nahm, die anderen in der Handtasche unterbrachte und den zurückgehaltenen Brief in schmale Streifen zerriß. Die Streifen warf sie in einen Abfallkorb und eilte in Hast, wie sie eingetreten war, aus der Post. Als die Mutter nicht mehr zu sehen war, ging Evelyn zum Abfallkorb und nahm den zerrissenen Brief mit Vorsicht, den Vorfall noch immer wie einen bösen Traum erinnernd, heraus, sah die Handschrift von Ken, sah die Briefmarke und brachte das zerstörte kleine Heiligtum aus Papier in einem ihrer Hefte unter. Die Schultasche schob sie unter ihren linken Arm, die Rechte legte sie über die Tasche, als schlüge dort ihr Herz, das es zu schützen galt. In zwei Geschäften fragte sie nach durchsichtigem Klebeband. Es war aber zu schmal. Im dritten erhielt sie Klebepapier in den Maßen eines Briefkuverts. In ihrem Zimmer angekommen, schloß sie die Türe ab, legte die zerrissenen Briefseiten auf den Tisch und begann Wörter und Sätze zusammenzufügen, bis der Brief wiederhergestellt vor ihr lag. Sie küßte ihren Schatz und las und las immer wieder Kens Worte und Sätze.

Am Nachmittag kam sie zu mir, erzählte, was geschehen war, ich stellte eine Telefonverbindung nach Den Haag her, aber Ken war schon nicht mehr in den Niederlanden. Er hatte darauf bestanden, in der Heimat seines Vaters die Sprache des Toten zu lernen. Ein Sohn müsse die Sprache seines Vaters verstehen und sprechen können. Kens Mutter bat Evelyn, Ken nicht zu suchen. Niemand wisse, ob sich nicht Gefahren einstellen könnten, Evelyn legte den Hörer auf, saß lange ohne zu sprechen, dann umarmte sie mich. Wie wird alles weitergehen, fragten wir uns und wußten keine Antwort und hielten uns aneinander fest. Als es dunkel wurde, verließ sie mich. An der Tür sagte sie: »Ken ist dort nicht nur, um die Sprache seines Vaters zu lernen. Er sucht nach ihm.« Ich fragte sie, warum sie so etwas denken könne. »Liebe sucht immer und hört nie auf zu suchen und zu hoffen«, sagte sie. Noch einmal umarmten wir uns, und sie ging zurück in das Haus ihrer Eltern.

Im Brief, den die Mutter zerrissen hatte, schrieb Ken vom Beginn seiner Reise nach Ostasien. Eines Tages kam ein Brief für Evelyn an meine Adresse. Sie las, und wir feierten den Tag wie einen heiteren Geburtstag nach langer Krankheit. Sie wurde gesund, und alles schien gut. »Laß die Briefe bei mir«, bat ich Evelyn, »ich verschließe sie in einer Kassette und gebe Dir den Schlüssel.« Sie aber wollte das einzige, was von ihm in ihrem Leben vorhanden war, bei sich wissen. Nähe des Geliebten, lernten wir einst in der Schule. »Ich bin bei Dir, Du seist auch noch so ferne, Du bist mir nah. Die Sonne sinkt, bald leuchten mir die Sterne. O wärst Du da.« Es konnte nicht anders sein. Die Mutter fand den Brief. Sie zerriß ihn nicht, sie verbrannte ihn. Von diesem Tag an lebte Evelyn neben ihrer Mutter wie neben einer Fremden. Der Vater versuchte alles, um wieder eine Familie zu haben. Aber es gab keine Rettung. Vater und Mutter und beider Kind konnten zueinander nicht mehr finden.

Die Mutter hatte meine Adresse gelesen. Sie kam. Ich gab die Gartentür für sie frei, aber sie trat nicht ein. Ich ging ans Tor. Ich gestehe: nicht ohne eine gewisse Furcht. Ich fühlte Schuld. So widerwärtig mir die Begegnung war, ich lud die Frau ein, näherzutreten. Sie blieb vor dem Gartentor, sie sagte, sie habe ihrer Tochter verboten, mein Haus zu betreten oder sich mit mir zu treffen. Sie verlangte von mir, ihre Tochter von meinem Haus fernzuhalten. Ich sagte kein Wort. Ich schloß das Tor. Als ich in mein Zimmer zurückgekehrt war, fragte ich mich, ob es nicht besser gewesen wäre, mit ihr zu sprechen, ob es nicht sogar meine Pflicht gewesen wäre. Wäre. War nicht. Wird nie mehr sein.

Die Schule bereitete sich vor, ihr einhundertfünfundzwanzigjähriges Bestehen zu feiern. Die Jungen in festlichen Anzügen, Fliegen aus dunkler Seide, man hielt sich an die Kleidervorschrift. Die Mädchen in langen Kleidern. Die Eltern überboten sich in Glanz und Gediegenheit, selbst die Presse hat mit Staunen und Bewunderung ihren Bericht darüber gegeben. Hoch zu lobende Beschlüsse der Stadt hatten während der einhundertfünfundzwanzig Jahre dafür gesorgt, daß der Park, an dessen Ende die Schule stand, unverändert die Jahre überdauerte. In diesem Park hatten sich Evelyn und Ken getroffen, von hier aus waren sie zum Fluß gegangen, in die Waldlichtungen und Buschtäler, hinter die Holzstapel, ins Dickicht, in junge, einladende Schonungen.

Noch während der Festreden, Auftritte, Chorgesänge, des Gedichteaufsagens und der Spaßzeitungslesereien ging Evelyn in den Park. Die Musik war zu hören, der Mond, zu dem Liebende so gern und in Hochstimmung und Trauertief aufblicken, stand am Himmel. Sie erinnerte sich der Gespräche über Mond, Himmel, Sterne und die tausend Gegenstände, über die sie während ihrer Liebesstunden sprachen. Sie dachte an Ken, an das Leben seines Vaters, die ihr unbekannte Mutter und woran Liebende, wenn Herz und Schmerz sich zu reimen beginnen, denken. Sie wußte nicht, daß ihr drei Jungen aus ihrer Klasse inzwischen folgten. Sie waren voll Bier und zwischendurch geschlucktem Braunen, sie hatten getrunken unter dem Patronat Claus Quaisers, der bei jedem gelungenen Bonmot die Gläser neu füllen ließ und sie erhob mit dem Worten: »Und darauf: einen Dujardin«, dem Satz, mit dem sich schon die Väter der hier Versammelten augenzwinkernd vor langen Jahren zugetrunken hatten. Als die Stimmung an den Punkt gekommen war, an dem zu entscheiden war, ob man wüst tanzen, wüst weitertrinken oder wüst irgend etwas anderes veranstalten wollte, holte Quaiser die drei zusammen, ließ sich das heilige Versprechen geben, daß alles, was er ihnen jetzt zeige, als nicht gesehen zu betrachten sei, zeigte vier Fotografien, eine wüster als die andere. Es waren keine Gesichter zu sehen, aber man kannte die Kleidungsstücke. Als Ken vom Fotografiertwordensein erzählt hatte, fragte ich, was wohl jeder als erstes fragt: »Wart ihr ohne Kleider?« »Nein, dazu fehlte der Mut, die Furcht war zu groß.« Aber man küßte, was zu küssen geboten wurde, wie und wonach zu küssen jedem war. Seligkeit wurde genossen, wie und wo auch immer sie zu erreichen war.

Man nahm, was hingegeben wurde. Das waren die Fotografien des Claus Quaiser, die er den dreien hinhielt, die besehen und beneidet, deren Augenblicke herbeigewünscht wurden. Was sie da sahen, hatte man sich erträumt, hatte es nie bekommen. Das war den Augen, die jetzt darauf badeten, nie lebend in Fleisch und Blut geboten worden. Zu solchem hatten sie, selbst wenn es ihnen geboten worden wäre, nie den Mut und die Haltung aufgebracht. Sie brachen auf, das Objekt vom Bild einzuholen. Sie fanden Evelyn schneller und leichter, als sie angenommen hatten. Als sie die drei sah, nicht heiter, wie sie doch hätten sein müssen, nicht männlich sicher, wie zu erwarten gewesen wäre, spürte sie Gefahr. Sie grüßte und sagte, sie wollte soeben umkehren. Die drei ließen es nicht zu und begannen zu schäkern und sich ihr zu nähern. Als Evelyn das Ganze zum Spaß erklärte, der ihr nicht gefiel, machten sie deutlich, daß es ihnen nicht um Spaß ging. Evelyn begann sich zu wehren, aber sie sagten: »Stell dich nicht an! Die Gegend kennst du doch und vielleicht sogar die Stelle«, und so fort, und: »Wehr dich nicht, wir denken uns Besseres aus, als du damals hier mit dir hast machen lassen.« Sie wollte schreien, aber einer legte ihr die Hand auf den Mund, der zweite hob ihr Kleid, der dritte begann. Jeder hielt ihr einmal den Mund zu, jeder hob ihr einmal das Kleid, und jeder ließ sie einmal fühlen, wie es ihm am besten gefiel.

Wie sie aus dem Park gelangte, wußte sie nicht. Der Saum ihres Kleides war heruntergetreten, sie schleppte ihn, sie trat nach ihm, zerriß ihn, Ekel, wo das Kleid sie berührte, Ekel am Leib, Ekel vor den dreien, Ekel vor sich selbst, Ekel vor dem, was sie in scheußlicher Schlüpfrigkeit an sich spürte, das Gesicht glühend, zerrend und zuckend Arme, Füße, nichts sehend, nichts fühlend, nur ekelnden Geruch an sich, bereit zu vernichten, was sich ihr näherte, die drei, alle, die sie kannte, die sie besudelt hatten mit Worten und Blicken, Lehrer, für einen kurzen Augenblick zu ihr sehend in Lüsternheit, Haß gegen alle Verbote, mit denen sie belegt worden war, alle Blicke fühlend, die sie getroffen hatten, seit sie ohne Ken lebte, vernichten wollen alle, die sie je hänselten, Namen kamen ihr ein, im Fluß ertränken, im Wald erschlagen, Gesicht um Gesicht zerreißen. Das Haus war da. Licht, wo sich Licht machen ließ, Kleider vom Körper reißen, die Absätze der Schuhe gegen das Parkett schlagen, bis sie zerbrachen, das Kleid zerreißen Naht um Naht, Haß und Genugtuung über den entsetzten Blick der Mutter, die Fenster auf, Luft atmen, alle Unterwäsche hinunter in den Garten, in weitem, hohem Bogen ins Grab, zu den Resten der drei, anstatt der drei, die ins Grab müßten zu der besudelten Wäsche, das Wasser rauscht über ihr, heiß. Peitschenschläge, aber so heiß es auch über ihren Körper herfiel, soviel Shampoo, soviel Seife, soviel Schaum und weiches Waschendes, nichts erlöste sie und ihre Haut vom Ekel. Das Wasser sprang von ihrem Körper, spritzte von Händen, Armen, Beinen, Schenkeln an die Wände des Bades, an die Spiegel, den weißen Schleiflack der Möbel, schwamm über den marmornen Fußboden, Dunst verbreitend, Nebel, Schwaden aus Dampf und Gerüchen, und als noch immer nichts helfen wollte und keine Befreiung kam, ließ sie klares, reines, eiskaltes Wasser über sich. Und in diese Kühle das Brennen aller Parfüms, die sie erreichen konnte, ins Haar, über die Haut, durcheinander- und ineinandergerieben, süchtig nach Sauberkeit an Körper und Gefühl. Und als Vater und Mutter vor ihr standen, legte sie kein Tuch um, zog kein Frottee an, verhüllte nichts, goß weiter riechendes Körperwasser über sich, rieb mit Handtüchern, die sie aus dem Schränkchen riß, ihre Haut, sah nicht, hörte nicht, floh nicht, rettete sich nicht vor den Augen der Fassungslosen, sie war allein auf dieser Welt, die es abzuwaschen galt von ihrem Körper in brennenden Gerüchen, stieß sich frei von den beiden, die als Retter sich anboten, wankte in ihr Zimmer, verschloß die Tür, kroch in Decken und Daunen, schrie, kaum verstehbar, man solle sie nicht berühren, und als das Klopfen und Rufen und Bitten von draußen endete, schrie sie durch Haus und Garten: »Fort mit Euch! Ken! Ken! Rette mich! Mein Ken!« und zog ihre Decke über sich und lag mit offenen Augen stumm, bis der Morgen heraufstieg.

Das Schulfest hatte an einem Freitag stattgefunden. Was geschehen war, war also an einem Wochenende geschehen. Am Morgen des Samstag klopfte die Mutter an der Tür, aber Evelyn öffnete nicht. »Geh«, rief sie. Und die Mutter ging. Auch auf das zweite Klopfen am Mittag öffnete sie die Tür nicht. Als die Dämmerung im Zimmer war, ließ sie ihre Mutter ein. Sie sagte in drei Sätzen, was geschehen war, nannte die Namen der drei Jungen, es waren die Namen ehrenwerter Väter und Mütter der Stadt. Die Mutter wollte aufschreien, aber sie sah die kalten Augen Evelyns, schluchzte, verlor die Beherrschung, begann zu weinen, den Kopf auf der Decke, unter der Evelyn lag. Die Tochter fühlte Mitleid mit der Frau. Sie ist so wehrlos und hilflos, wie ich es war, dachte sie. Sie wollte die Hand ihrer Mutter ergreifen, da hörte sie die Mutter sagen: »Zu allem hätten die drei nie den Mut gefunden, hättest du dich nicht mit dem indonesischen Schlitzauge eingelassen.« Evelyn zog ihre Hand zurück und sagte: »Geh!« Und als die Mutter sich nicht erhob, noch mal: »Geh! Geh!« Die Mutter ging weinend aus dem Zimmer. Evelyn nahm Tabletten und schlief ein. Es war das Vierfache der Menge, die nötig gewesen wäre, um einzuschlafen.

Es berieten die Väter. Sie verboten den Jungen, von der Sache auch nur in Andeutungen zu sprechen. Einer der drei war Evelyns Banknachbar. Sein Vater wies ihn an, einen anderen Platz einzunehmen. Die Affäre, wie man es nannte, habe außen vor zu bleiben. Man benutzte diesen norddeutschen Modesatz aus der Politsphäre, weil man glaubte, mit ihm der weiterreichenden Bedeutung dieser Angelegenheit gerecht zu werden. Als Vorgang, sagten die Väter, handelt es sich um eine Entgleisung des Bieres und des doch etwas reichlichen Dujardins ungewohnten Söhne, jugendlicher, ehrenwerter Leute Kinder. Claus Quaiser kam nie ins Gespräch, weil von Fotografien nie die Rede war.

Evelyns Vater bat den Vater Quaisers um eine Aussprache. »Ihre Tochter, mein Verehrter, hat sich da etwas zurechtgelegt, was einer Prüfung nicht standhalten würde. Sie hat aus den Sätzen der drei Jungen entnommen, was ihrer Tat, also der Tochter Tat, einen anderen Charakter geben könnte oder geben soll.« Alles sei bedauerlich, aber er, Clausens Vater, sei da die falsche Adresse. Sollte Evelyns Vater allerdings an eine gerichtliche Anzeige denken, gewönne der Vorgang ein anderes Gesicht. Da müsse vieles neu durchdacht werden mit Folgen, die wohl keiner absehe. Da ginge es um neue gesellschaftliche und berufliche Überlegungen.

Evelyn begriff, daß Vater und Mutter keine Anzeige, drei Vergewaltigungen betreffend, erheben würden.

»Dann werde ich selbst zur Polizei gehen.« Da sei Gott vor, denn dann sei es in der Stadt herum. Aber gebe es denn nicht eine Schweigepflicht? Sie solle nicht solches Zeugs reden! Evelyn sagte: »Die drei haben sich ihr Vergnügen gemacht, ohne Rücksicht und ohne Vorsicht. Ich werde einen Arzt aufsuchen müssen.« – »Um Himmels willen!« »Was, wenn alles nicht ohne Folgen geblieben ist?« Die Mutter unterdrückte diesmal weder Aufschrei noch zum Himmel gerufene Anklage: Warum das alles uns!

Der Arzt, den die Mutter holte, stellte fest, daß keine Schwangerschaft vorlag. Er verschrieb Mittel zur Stärkung und Zunahme der Lebenskraft.

Nach einer Woche schickten die Eltern Evelyn zur Schule. Ihr Banknachbar hatte einen anderen Platz eingenommen. Sie saß allein. Das war die einzige Änderung seit dem Freitag vor einer Woche. Es fiel ihr schwer, dem Unterricht zu folgen. Niemand fragte sie, weshalb sie sich nicht gesund fühlte. Den Nachhauseweg nahm sie durch eine Straße, in der sie ein Waffengeschäft wußte. Als sie nach einer Schußwaffe fragte, wünschte man ihren Ausweis zu sehen. Statt ihn vorzulegen, fragte sie nach einer Stichwaffe. Man fragte nach ihrem Alter und warum sie eine Waffe suche. Sie sagte: »Um mich wehren zu können, wenn man mich wieder einmal vergewaltigen will.« Sie war noch nicht auf der Straße, ohne Waffe, versteht sich, da griff der Verkäufer schon zum Telefon. Als sich die Polizei bei den Eltern Evelyns erkundigte, erklärten Vater und Mutter, die Tochter befinde sich in einer gewissen Alterskrise, aber man halte die Augen offen, von stattgehabter Vergewaltigung könne keine Rede sein. »Jetzt hat sie unseren Namen in das Ermittlungsbuch gebracht«, sagte der Vater und rieb sich die Unterlippe zwischen den Zähnen. »Was hat dieser indonesische Bastard nur aus ihr gemacht! Wer hat diesen Burschen eigentlich in die Stadt gebracht?« Man erinnerte sich meiner. Die Mutter schwor, mich öffentlich als die wahre Schuldige anzuklagen, falls sich die üble Sache weiter ausbreite.

Evelyn stand eines Morgens vor meiner Tür. »Laß mich zu dir.« Sie trank drei oder vier Tassen Kaffee, aß drei Semmeln, zerbiß Tabletten, spülte sie mit Säften hinunter, und als sie fertig war, wortlos, zerfahren, eine andere, als sie vorher gewesen war, sagte sie: »Ich habe die letzten Nächte wach gelegen. Ich bin an einem Ende angekommen. Etwas in mir verwirrt sich«. Sie lag in Kens Bett. Sie wird einschlafen, dachte ich. Sie wird bis Abend schlafen. Wie kann ich ihr helfen? Warum ist sie nicht früher gekommen, fragte ich mich und gab mir selbst die Antwort: Sie schämte sich, sie wußte, daß ich ihr nicht helfen kann. Sie fürchtete, ich könnte Ken schreiben. Die Leute traten ihr anders entgegen als früher. Es wurde kein Wort von jenem Freitag gesprochen, aber die Stadt hatte es aufgenommen. Sie hatte die Kraft verloren, sich zu wehren. Plötzlich sagte sie: »Ich danke dir für alles. Helfen kann mir keiner. Ich bin gekommen, um dir zu sagen, es gibt eine neue Liebe in meinem Leben.«

Der neuen Liebe Evelyns gehörte die erste und älteste Apotheke der Stadt. Die Frau war wohlhabend und geachtet. Die stille und ordentliche Stadt sah darüber hinweg, daß sie lange Jahre mit einer älteren Frau zusammengelebt hatte. Als mit Evelyn alles geschehen war, bat ich die Frau, mir zu erzählen, wie alles vor sich gegangen war.

Sie sagte: »Evelyn reichte mir ihr Rezept. Ich kenne diese Art Rezepte, ich kenne den örtlichen Frauenarzt, zu dem man geht, wenn gewisse Schwierigkeiten zu erwarten sind. Evelyn hatte wochenlang Schlaftabletten und Aktivierer gekauft. Die Schlaflosigkeit, das Verstörtsein sah man ihrem Gesicht auf den ersten Blick an. Aber was war das für ein Gesicht! Ich ließ mir Zeit während des Verkaufs, nur um mich an diesem Gesicht sattsehen zu können. Es kam so weit, daß, wenn ich durchs Fenster des Laborraumes dieses Mädchen kommen sah, ich in den Verkaufsraum ging, um sie zu bedienen. Sie nahm mich kaum wahr. Nicht daß es mich kränkte, aber wenn ich abends spät endlich Zeit für mich fand, dachte ich an sie und daran, was ihr wohl widerfahren war. Es war von Anfang an nicht Neugier oder Anteilnahme allein, ich spürte Verlangen nach ihr. Ein Verlust mußte sie getroffen haben. Was könnte es in diesem Alter anderes sein als der Verlust eines Liebsten. Die Tablettenzahl stieg. Sie lieferte sich der Kraft der Tabletten aus. Eines Tages wird eine Grenze erreicht sein. Einmal sah ich sie aus einer anderen Apotheke treten. Es war ihr peinlich. Sie grüßte mich, aber bevor ich ihr etwas hätte sagen können, war sie unter den Passanten verschwunden. Ich will nicht den Eindruck erwecken, es sei allein Sorge um das Mädchen gewesen, die mich eines Tages ihre Mutter aufsuchen ließ. Und eines anderen Tages den Lehrer. Beide dankten für meine Sorge, und beide erklärten mir, Evelyn sei inzwischen großjährig und in ihren Entscheidungen frei.

Die Art und Weise, wie man mir klarmachte, daß ich mich um diese Angelegenheit nicht zu kümmern hatte, machte mich unsicher. Das Modewort heißt: Es machte mich betroffen. Mehr als das. Ich war bestürzt. Zorn kam in mir auf. Ich fühlte, etwas mußte geschehen. Es geschah.

Sie stand eines Morgens, als ich noch gar nicht geöffnet hatte, vor der Tür meiner Apotheke. Als ich sie fragte, was sie so früh hier wolle, verlangte sie schwere Aufputschtabletten. Noch bevor ich darauf ein Wort sagen konnte, brach sie zusammen.

An diesem Tag begann es mit unserer Liebe. Weder sie noch ich wollten sie sich eingestehen. Jede meinte, sich Liebe verbieten zu müssen, streng verbieten. Ich rettete mich ins Angebot meiner Hilfe, ich wurde ihr eine Art Mentorin. Biologie, Mathematik, weckte Lust am Lesen, französische Novellisten, George Sand, Flaubert, die Stein, Djuna Barnes, Virginia Woolf, die kannte ich verhältnismäßig gründlich. Ich versuchte, sie für Pharmazie zu interessieren. Warum sollten wir die Apotheke nicht eines Tages gemeinsam besitzen? Ich lehrte sie Latein mit dem Ehrgeiz, sie zum kleinen Latinum zu führen. Es waren mit Arbeit angefüllte Wochenenden. Sie kam am Freitagnachmittag nach der Schule zu mir, und sie ging am Montagmorgen von hier zur Schule. Ich wollte die Mutter fragen, wie sich das verhielte mit den drei Tagen ihrer Tochter bei mir. Aber sie schlug die Tür zu, als sie mich erkannte. Ich bemerkte, daß gewisse Kunden ausblieben, andere sich anders benahmen. Ich bin in dem Alter, das solches tragen läßt. Als die Eltern Evelyn drohten, ihr das Haus zu verbieten, drohte sie zurück, ein Zelt vor der Stadt aufzuschlagen und, wenn die Polizei es ihr verbiete, ein Zimmer in einem Hotel zu mieten, und wenn man sie wegen Zahlungsunfähigkeit hinauswürfe, sich ihr Erbe auszahlen zu lassen und ein Wohnmobil zu kaufen und auf dem Parkplatz für Dauercamping Standort zu beziehen. Oder ein möbliertes Zimmer zu nehmen bei Leuten mit übler Beleumdung. Also gab man ihr das Wochenende bei mir frei. Der Vater allerdings wurde in ein anderes Ressort versetzt, die Mutter mied die Öffentlichkeit.

Warum trage ich hier eine entschuldigende Begründung vor, wie mein Leben mit Evelyn verlief? Noch immer sucht man um Verständnis und Milde nach. Dabei war mir, als hätte Evelyn immer schon Frauen geliebt. Es gab nichts, was sie nicht über sich wußte. Vom Wünschen, vom Brauchen und Gebrauchtwerden, vom Verlangen der Frau, sie wußte, wo die Höhlen ihrer Gefühle lagen und wie man zu ihnen gelangte, wie mit ihnen umzugehen ist, und war doch in einem Alter, in welchem Ängste und Unsicherheiten die Sinne immer von neuem in Verwirrung stürzen. Sie war kein Mädchen mehr. Sie war auch keine der jungen Frauen, die nicht wissen, wohin mit allem, was sie bedrängt. Einmal sagte sie: ›Er war es, der mich alles lehrte. Er hat mir bewußtgemacht, was ich bin und was ich will. Er hat mich wachgemacht und mich zu mir selbst geführt.‹ Es gab keine Eifersucht seinetwegen. Eine gute Zeit hatte begonnen. So hätte es bleiben können.

Aber an einem dieser Wochenenden fand die Mutter Evelyns Tagebuch. Sie stürzte in meine Wohnung, hielt das Buch hoch wie eine Beute, nach der man lange gejagt hat, sie schrie. Sie schrie, wie Sieger schreien. Sie werde zu Gericht gehen damit und die Kupplerin anzeigen, die ihre Tochter und diesen dahergelaufenen Indonesier zusammengetrieben hat in ihren warmen, weichen, Lüsternheit zeugenden Betten. Evelyn konnte immer nur ein einziges Wort sagen. Sie sagte: ›Geh!‹ Erst flüsterte sie es, dann klang es, als bitte sie, dann rief sie es wie eine Warnung durch den Raum, dann hatte es die Kraft eines Befehls, und schließlich war es ein Fluch geworden. ›Geh!‹ Und die Mutter ging.

Wir setzten uns nebeneinander und sprachen lange kein Wort. Alles, was bisher geschehen ist, wird ein Vorspiel sein gegen das, was jetzt auf sie zukommt. Dann hörte ich Evelyn sagen: ›Jetzt wird sie sich meines Lebens bedienen. Mich wird man durch die Gosse ziehen, und Dich und den Mann, der die Liebe in mein Leben brachte. Was soll ich tun? Wie kann ich mich schützen?‹ Ich sah zu ihr, das Gesicht war von einer Schönheit, wie ich sie an ihr schon lange nicht mehr gesehen hatte. Auch sie sah mich an. Sie hielt mir ihr Gesicht entgegen. Wir küßten uns. Wir hatten den Wunsch, uns ineinander aufzulösen. Ein Körper zu werden, eine die andere vor dem kommenden Unheil zu bewahren. Danken für Bisheriges, danken für Künftiges, eine gab der anderen sich zum Schutz hin mit ihrem Körper, und jede nahm, was ihr die andere gab. Wir nahmen, wir umschlangen einander und sanken und fielen, und keines war genug, und alles war möglich, und nur der einzige Wunsch, daß es so bleiben möge, sich nie ändere, nicht zurückfiele ins Vergängliche, Vergeßbare, nie ende. Wenn einer gefragt hätte, wann zu verlöschen sei, man hätte gesagt, ohne zu zögern: Jetzt und wieder jetzt, in dieser Stunde. Ich weiß nicht, wie ich in Schlaf fiel. Als ich aufwachte, irgendwann in der Nacht, war der Platz neben mir leer. Ich suchte. Ich fand. Sie lag im Bad, neben sich Tabletten, Schachteln, alles, was sie gefunden hatte, Röhrchen, verstreut, und ringsum Tabletten, Tabletten, Tabletten. Ich rief den Arzt. Wir wissen, wie es ausging.« Die Apothekerin endete. Ja, wir wissen, wie es ausging.

Es endete nicht mit dem Tod. Man rettete ihr Leben. Ihr Körper blieb in einer Art Lähmung. Ihre Bewegungen verlangsamten sich. Sie sprach nicht mehr.

Manchmal, wenn in ihrem Körper Erregungen vor sich gingen, stieß sie unverständliche Worte aus. Sie aß, was man ihr anbot. Und verlangte oft nach mehr. Sie nahm zu. Sie wurde dick. Sie wurde unförmig. Doch das Gesicht verlor kaum von seinem Ebenmaß und seiner Schönheit. Den Tag über saß sie in einem Erker der Anstalt an einem Fenster und sah in das Tal, das sich in die Ferne erstreckte und im Dunst irgendwo auflöste.

Ihre Mutter wurde stumm empfangen. Man konnte nicht sagen, ob sie sie erkannte. Sie saßen schweigend nebeneinander und sahen ins Tal. Die Mutter versuchte, die Tochter zu berühren. Da zog sich die Tochter in den äußersten Winkel zurück.

Als ich zu ihr kam und mich neben sie setzte, lehnte sie sich an mich und sagte etwas, das ich aber nicht verstand. Ich legte meinen Arm um ihre Schulter, und so saßen wir lange Zeit. Als ich gehen wollte, hielt sie mich fest. Später gab ihr die Schwester ein Glas mit Saft. Als sie getrunken hatte, wurde sie von Müdigkeit übermannt.

Ich unternahm mit Evelyn kurze Ausflüge. Die Blicke der Leute nahm sie nicht wahr. Einmal fuhr ich sie in den Park. Sie stieg aus und hielt sich an einem Baum fest. Einmal verlangte sie, auf dem Markt auszusteigen und zum Brunnen der Heiligen Elisabeth zu gehen. Dort kam es dann zu dem Vorfall, den ich schon beschrieb.

Ich beende hier meine Aussagen. Ich habe nichts verschwiegen, ich habe nichts hinzugefügt. Und ich werde auch nichts hinzufügen, Hohes Gericht.

Erste Liebe

Das Telefon meldete sich. Die fremde Stimme einer mir fremden Frau sagte: »Sie kennen mich nicht, aber ich kenne Sie. Vor sechzig Jahren war nämlich mein Vater Ihr letzter Tschechischprofessor in Reichenberg. Und ich war damals im Reichenberger Lyzeum in der Klasse, die Sie später zur Tanzstunde einlud. Je älter man wird, desto öfter denkt man an solche Sachen zurück. Ich rufe Sie an wegen einer Bitte. Aber weil wir gerade von der Tanzstunde sprechen, möchte ich mir erlauben, sie mit einer Frage zu belästigen, nämlich, ob es stimmt, daß Sie damals als Tanzstundendame das schönste Mädchen der Klasse – für mich die Schönste und Klügste im ganzen Lyzeum – hatten, die Doris?«

»Ja. Die Doris. Die erste große Liebe meines Lebens.«

»Und haben Sie diese gescheite Wunderfee geheiratet?«

»Das hat nach dem Krieg ein andrer gemacht.«

»Einer aus Ihrer Schulklasse?«

»Älter als ich, eleganter, ein Reicher.«

»Darf man fragen, wer der Glückliche war?«

»Einer aus der Slowakei, aus der Gegend von Užhorod. Der nach dem Krieg nach Böhmen kam und in Liberec in einem Großelektrohandel tätig war.«

»Lieber Gott, jetzt sagen Sie noch, es war der Grossist Rosenberg Samuel«

»Sie kannten ihn?«

»Und ob, und wie! Wissen Sie, woher der damals so reich war? Er hat in Užhorods Umgebung und danach bei Brünn unseren Juden erklärt, gebt nicht den Deutschen Euren Schmuck, gebt ihn mir, ich heb' ihn Euch auf und wenn Ihr zurückkommt, geb' ich ihn Euch zurück. Als er dann selber dran war, gab er allen Schmuck einem arischen Freund, und der hat ihm alles aufgehoben, und als Rosenberg aus Monowitz zurückkam, gab ihm der Freund alles zurück. So was gab es. Und Rosenberg war in New York ein reicher Mann, denn wer kam schon von dort zurück!

Jetzt fragen Sie, woher ich weiß, er war in New York? Das war so: Mein politisch kluger und älterer Bruder ist gleich, als er gesehen hat, wie die Henleinleute in der ČSR immer mehr wurden, ab nach Amerika. Und drei Jahre nach dem Krieg klingelt es an seiner Tür, und wer steht draußen? Der Rosenberg! Umarmung, Tränen, Trauer, Slivovic, und irgendwann sagt der Samuel Rosenberg: ›Hast Du eine Arbeit für mich, mein Fond ist knapp am Ende.‹ ›Was kannst Du denn?‹ fragte mein Bruder. ›Elektrik.‹ ›Wunderbar! Meine Freunde sind gerade mit ihrem Hausbau fertig, da könntest Du doch die Elektrik legen!‹ Und er legt im ganzen Haus die Elektrik, und das Haus brennt ab. Er hatte keinen blassen Schimmer von Elektrizität, in Monowitz hat er immer nur Kabel gehalten, wenn die Fachleute die Leitungen legten. Was mein Bruder da auszustehen hatte!

Allerdings war er besser dran als unser armer Papa, obwohl der noch Glück hatte beim Rauskommen aus dem Protektorat. Mit dem letzten Schiff aus Preßburg, die Donau runter ins Mittelmeer über Kreta nach Haifa. Sein Unglück war halt, daß er nicht nur Tschechisch und Englisch studiert hatte, sondern auch noch zwei Semester Medizin, bis das Leichenaufschneiden anfing. Da hat er das Arztstudium aufgeben müssen. Den Engländern aber genügten die zwei Semester. Sie zogen ihn als Arzt ein und schickten ihn in eine Gegend mit

Typhus, an dem er gestorben ist. Aber bevor er sich auf den Weg nach Haifa machte, hat er mich ganz schnell zu meiner Mutter geschickt, die Arierin war. Ich durfte aus der Judenwohnung nur einen Koffer mit Sachen mitnehmen, und deswegen rufe ich sie an. Bestätigen sie mir dieses Gesetz bitte, mit so einem Rezipiß bekäme ich nämlich eine etwas höhere Rente. Bei meiner arischen Mutter habe ich den Krieg überlebt.

Wenn ich mich richtig erinnre, war ja die Mutter von Doris Jüdin aus Troppau, aber ihr arischer Mann hat sich nicht von ihr scheiden lassen und darum hat sie keinen Judenstern tragen müssen. Verzeihen Sie meinen langen Sermon, aber Doris war ein so unglaublich schönes Mädchen, Ihre Doris.«

Ich schrieb der Tochter meines letzten Tschechischprofessors die Bestätigung, und damit war die Sache für mich erledigt. Aber weil ich damals einen Film abgeliefert hatte, der – zwar zum Oscar eingereicht, aber nicht genügt hatte – für ein Festival offenbar ausreichte, bekam ich einige Zeit nach dem Anruf der auskunftsreichen Dame eine Einladung nach New York.

Doris' Adresse hatte mir aus alter Anhänglichkeit eine ihrer Lyzeumskolleginnen geschrieben. Am ersten Tag wurde ich bei einem unserer UNO-Dolmetscher einquartiert, am zweiten Tag erhielt ich ein Zimmer in einem Hotel, zwei Straßen südlich der Carnegie-Hall, drei Tage durchwanderte ich Manhattan, am vierten Tag fühlte ich den Mut, mich auf den Weg zu Doris zu machen. Sie wohnte zehn Straßen nördlich von meinem Hotel in einem Stadtteil, der schon vor dem Krieg von vielen Tschechen und Slowaken bewohnt wurde. Ich machte mich zu Fuß auf und je näher ich ihrer

Straße kam, umso mehr Unruhe kam in mein Herz. Das Haus, in dem sie wohnte, war ein Fünfundzwanzig-Etagen-Bauwerk, ihre Wohnung lag im neunzehnten Stockwerk. Als ich durch das Portal ging, machte ich gleich wieder kehrt. Es mußte sich hier um ein Restaurant oder Hotel handeln, denn mich umwehte ein betörender Duft von Mahlzeiten, und ich suchte nach einem anderen Eingang, fand aber keinen, fand aber eine schmale Maßschneiderei. Ein dunkelhäutiger Herr, der einer ebenso dunkelhäutigen Dame etwas erklärte, fragte mich, womit er dienen könne, und als er mein hilfloses Englisch nicht verstand, zeigte ich ihm die Anschrift von Doris. Er entschuldigte sich bei der Kundschaftsdame, die mir mitleidsvoll zulächelte, nahm mich an der Hand, führte mich zurück zum Hotel, durch das Portal zu einer aparten Dame, die vor einem Regal voller Schlüssel saß, zeigte ihr meinen Adreßzettel mit dem Namen von Doris. Sie lächelte, wählte an einem der vielen Telefone eine Nummer und zeigte mir an ihrer Armbanduhr, daß Doris um vier Uhr zu erreichen sein werde. Der Schneider schlug mir lächelnd auf die Schulter und verschwand. Ich dankte ihm und ihr und setzte mich in eine Ecke und schrieb auf ein Filmprogramm unter meinem Film mit Bild der Hauptdarstellerin und meinem Foto die Einladung und wofür eben die drei Zeilen den Raum ließen. Und die üblichen herzlichen Grüße.

Die aparte Dame lächelte mich wieder gediegen an, und ich wanderte die zehn Straßen südlicher zurück, legte mich auf die Hotelcouch und war irgendwann eingeschlafen.

Eine schnelle Stimme sagte mir, daß mich eine Dame im Foyer erwarte. Ich schloß das Milchglasfenster, denn es zeigte nichts als die nahe Ziegelwand von gegenüber und stieg in den melodiesingenden Lift. Bevor ich ausstieg, atmete ich tief durch. Die Lifttür öffnete sich, und Doris stand vor mir. Aber was, ihr Götter, war geschehen? Da stand keine um fast ein halbes Jahrhundert Gealterte. Da reichte mir die Erinnerung meiner Jugend ihre Hand. Ich sah den Glanz ihrer Augen, die Bögen ihrer Brauen, die Linie ihrer Lippen. Mich umfing zehntausendmal durchträumtes Gefühl erinnerter Liebe. In meinem Hirn bewegte sich nichts als ein Wunsch, mein Glück zu begreifen. Es ging ein Zauber durch mich, ich küßte ihre Hände und wußte, daß ich kein Wort zustandebringe. Doris küßte mir locker die Wange und stieg in den Lift, hakte sich in meinen Arm und erklärte, wie sie sich über dieses Wiedersehen freue und wie sehr sie es bedaure, die Einladung zum Film nicht wahrnehmen zu können, denn ausgerechnet an diesem Abend müsse ihr Partner, ein Rechtsanwalt, in einem Hilton-Hotel die Rede halten gegen die Wiederwahl Reagans, die sie für ihn geschrieben habe, denn sein Stil sei eben die übliche Anwaltsrhetorik, weshalb seine Reden immer von ihr geschrieben aber nie gehalten werden konnten, denn ihr deutscher Akzent sei nicht tragbar. Ich war glücklich, etwas Gutes aussprechen zu können, indem ich sagte, ich habe dafür volles Verständnis und freue mich, daß es sich um eine Rede gegen Herrn Reagan handle, worüber wir beide Zufriedenheit zeigten.

In meinem hoteligen Zimmer angekommen, warf sie ihre schmale Tasche auf das Bett und schob sich zwei Kissen hinter den Rücken. Ein Blick erlaubte mir, mich neben sie zu legen, aber ich hatte mich schon in dem abgewetzten Samtstuhl neben dem Bettsofa niedergelassen.

Sie ließ mich wissen, wie wohl es ihren Beinen tue, sich auszustrecken. Ich fand ein ausschmückendes Wort für diese wohligen Beine und war glücklich, daß mir während des Beinlobes ein Satz einfiel, mit dem sich ein Gespräch anfangen ließ. Ich hatte mich noch nicht bedankt für einen Kartengruß, den sie mir, unterschrieben von zwei Lyzeumsfreundinnen aus unserer verlorenen böhmischen Heimatstadt, zugeschickt hatte, und ich sagte ihr, wie mich dieser Gruß tief berührt hatte, und daß ich an dem Abend mit einer der Freundinnen und ihr oft zurückgedacht hätte. Allerdings vermied ich es nicht, den zweiten Jungen zu erwähnen, der in einer eleganten bügelfreien Hose und knitterfreiem Seidenhemd erschienen sei, während ich in Lederhosen und baumwollener Tirolerjacke angetan war, was ich den ganzen Abend über als beschämend empfand. Ich konnte mir auch nicht verkneifen, ihr zu erzählen, wie der Seidenhemdjunge – eleganter Oberleutnant geworden – in dem Monat, als Generalfeldmarschall Rommel Tobruck zu besetzen versuchte, mich während einer Begegnung in unserer Heimatstadt zu sich heranwinkte und etwas lauter als nötig gewesen wäre mit scharfen Sätzen fragte, ob mein herzliches Zuwinken als ernsthafter Gruß für ihn und seinen Vater gedacht gewesen sei, der immerhin den Dienstgrad eines Majors trage. Daraufhin schlug ich die Hacken mit lautem Knall zusammen, entschuldigte mich in dritter Person Singularis und entbot den Gruß durch Anlegen der rechten Hand an die Kopfbedeckung, holte also eine vorschriftsmäßige Ehrenbezeugung nach.

Nun, im Hotelzimmer, verstieg ich mich sogar dazu, Doris die Situation nicht nur zu erzählen, sondern spielte sie ihr detailgetreu nach, was aber bei ihr ohne Echo blieb. Um die Sache mit einer Pointe zu beenden, fügte ich noch hinzu, daß der Seidenhemdknabe inzwischen bei der Bundeswehr einen weitaus höheren Dienstgrad als sein Vater damals hatte und daß ich irgendwann in meiner Zeitung gelesen hätte, er sei der Zuständige für psychologische Kriegführung. Aber auch dazu kam kein Echo, denn sie hatte begonnen, von ihren drei Söhnen zu berichten und dem Ende Rosenbergs, der, von einem Schlaganfall getroffen an einen Rollstuhl gebunden, verstorben war. Da sei sie aber bereits mit einem Religionswissenschaftler in Ohio liiert gewesen, wo sie an seinen Vorlesungen teilhatte und ein Bacchalaureat ablegte. Darüber hätte ich gern mehr erfahren, aber sie war bereits mit einem Studenten ihres zweiten Gatten in einer Stadt, deren Namen ich nicht verstehen konnte. Das Glück aber währet nicht lange, denn bald trat ein neues in ihr Leben, dessen Erstaunlichstes war, wie jung er gewesen war und daß er bis zur Trennung nie erfahren hatte, daß sie um viele Jahre älter als er gewesen war. Es sei überhaupt selbst für sie ein Phänomen gewesen, daß alle die vielen Männer ihr wahres Alter nie wahrgenommen haben. Sie führte es darauf zurück, daß sie dafür sorgte, daß ihr Gewicht kaum über das aus unserer gemeinsamen Zeit gestiegen sei, ihre Zähne sie nie gezwungen haben, Zahnärzte aufzusuchen, ihre Haut Gegenstand steter Aufmerksamkeit und Sorge war. Ich zeigte ihr meine Bewunderung und hätte das Gespräch gern auf ihre drei Söhne zurückgebracht und fragte sie nach einem Foto, aber sie hatte keines bei sich. Wie gern hätte ich ihr die Fotos meiner drei Töchter vorgeführt, doch das schien mir nicht angebracht. Nun ist ja das Ansehen von Fotos dieser Art ohnehin nie ganz ohne eine gewisse Peinlichkeit, denn was soll der Betrachter schon anderes von sich geben als das unvermeidliche »Ah« und »Oh« und »wie ähnlich und gelungen!«. Aber wie ihre Schönheit für das nächste Jahrhundert in ihren Söhnen bewahrt würde, hätte ich doch gern gesehen. Es ging weiter mit meist sehr kurz gefaßten Geschichten alter Freunde oder gemeinsamer Bekannter und über die Veränderungen unserer verlorenen Heimatstadt, und als dadurch die Zeit heiterer aber auch schneller als bisher vergangen war, machte sie den Vorschlag, ein Abendessen einzunehmen.

Dieser Satz traf mich schwer, denn ich hatte ihn nicht im geringsten vorausgedacht. Sag ihr die Wahrheit, dachte ich, und ich sagte ihr die Wahrheit.

»Mein Dollarguthaben ...«, begann ich, und sie legte mir ihre Hand auf die Schulter.

»Da gehen wir zum Inder, das sind die Billigsten.«

Als ich das Bargeld in der Bank erhalten hatte, empfahl man mir, es immer mit mir herumzutragen, und daran hatte ich mich gehalten. Ich zog also die verbliebenen Dollars aus der Tasche und rechnete ihr vor, wie viel an Gebühren noch zu zahlen sei, und was mir in der Eile einfiel.

»Vergiß es«, sagte sie, «bring mich zu meinem Bus.«

Die Straße zur 6. Avenue war stockdunkel, und wir schritten zügig voran. Sie nannte die Namen der Freundinnen, die schon vor vielen Jahren hiergeblieben waren, was zu bewerkstelligen ihr mühelos gelungen war, denn sie arbeitete in der für solche Situationen zuständigen Stelle, weshalb sie mir leicht denselben Dienst erweisen könne. Daß ich zurück nach East-Germany wollte, hörte sie mit Erstaunen. An der Bushaltestelle angekommen, begann ein leichter Regen. Da weder ich noch sie einen Regenschirm hatten, traten wir näher zueinander. So

hatten wir uns oft am Tor der Marienkirche daheim verabschiedet. Wir sprachen kein Wort, und mir kamen Erinnerungen an Gefühle. Aber bevor immer neue aufstiegen, kam der Bus. Ihre Augen sahen mich, ohne sich aus meinen Augen zu lösen, an, als warte sie auf ein Wort oder einen Satz oder eine Bewegung. Aber ich hatte nicht die Kraft, die letzten Augenblicke, die mir noch gegeben waren, durch irgendein leeres Wort zu stören. Gedränge entstand. Sie trat noch einen kleinen Schritt näher an mich. Ich atmete ihr Parfüm ein. »Zeit steh still«, dachte ich und versuchte, nach ihren Händen zu greifen. Sie legte ihre Arme um mich. Alles fühlte sich an wie in dem lange vergangenen Leben unserer Liebe. Sie hob ihr Gesicht, ihr Mund legte sich auf meine Lippen. Nichts war geschehen in den vierzig Jahren seit unseren Küssen. Sie stieg in den Bus, stellte sich hinter die verregnete Scheibe. Mit dem letzten Gruß ihrer Augen, dem letzten Zeichen ihrer Hand verging, was damals mein Leben war.
Im Festival-Kino empfing mich unser UNO-Dolmetscher, um mir nochmals deutlich zu machen, daß es ihm nicht erlaubt sei, Privatpersonen zu dolmetschen, und als ich ihm klarmachen wollte, welche Katastrophe mich erwartet mit meinem seit vierzig Jahren vergangenen und vergessenen Schulenglisch, sprach er mir Trost zu, denn zu solchen Gelegenheiten kämen ohnehin meist deutsche Emigranten, ich möge nicht verzagen, und er verabschiedete sich. Ich glaube, ich fing an zu zittern. Da trat ein junger Herr an mich heran, räusperte sich und sagte in einem etwas ungewöhnlichen Deutsch, er habe gehört, was mich so sehr bedrücke. Wenn ich einverstanden wäre, könnte er mir beim Übersetzen behilflich sein. (Er sagte deutlich das Wort »behilflich«.) Sollte er etwas nicht bewältigen (er sagte deutlich das

Wort »bewältigen«), könnte seine Freundin eintreten (er formulierte »eintreten«), sie sei Dänin und verstehe auch viel Deutsch. Ich umarmte beide, der Film kam gut an, wir überstanden die Fragen nach dem exotischen East-Germany leidlich, wenn ich auch Schwierigkeiten hatte, die Frage gut zu beantworten, wie es möglich sei, daß im Film eine Szene, in der es um den Stalin-Ribbentrop-Pakt ging, wahrheitsgemäß dargestellt werden konnte. Als ich mich von den beiden jungen Leuten verabschiedete, fragte ich den freundlichen Übersetzer, wie er zu seinem so praktischen Deutsch gekommen sei. Seinem Großvater, sagte er, sei es gelungen, noch kurz vor dem Krieg zu seinen Kindern, den Eltern des Übersetzers, in die Emigration zu gelangen. Und der Großvater habe ihm Deutsch beigebracht und habe ihn gelehrt, daß jeder einigermaßen Gebildete die Sprache der Deutschen können müsse. Denn der Großvater sei Rabbi in Riga gewesen.

Ich bedankte mich nun umso bewegter bei meinem Dolmetscher, der dänischen Dame und dem Rabbi aus Riga, ging durch die Regennacht zurück in mein Hotel und schaltete vor dem Einschlafen den New Yorker Stadtsender ein, um in Berlin sagen zu können, ich habe mich – so gut es ging – über Manhattan informiert, und wollte schon abschalten, als ich die Sprecherin einen Männernamen nennen hörte, der mich an die Entschuldigung erinnerte, mit der Doris unser Gespräch begonnen hatte.

Ich wurde hellwach und hörte, wie sie davon sprach, daß dieser Rechtsanwalt einen sehr interessanten Vortrag für die Demokraten in einem Hilton-Hotel gehalten habe. Das glaubt mir niemand in Berlin, dachte ich und schlief mit dem Vorsatz ein, mich bei Doris für meine Gedanken im Lift zu entschuldigen.

Der stumme UNO-Dolmetscher brachte mich am nächsten Morgen zum J. F. Kennedy-Flugplatz. In der rumänischen Maschine saß ich neben einer Bukarester Diplomatengattin, die ihrem Kind einen zu jener Zeit in Mode gekommenen japanischen Lachclown gekauft hatte, was beide bis Wien sehr lustig fanden. Interflug brachte mich nach Schönefeld, wo ich mich mit einer Ansichtskarte, die den französischen Dom zeigte, bei Doris für den Nachmittag bedankte. Weil ich ihre Anschrift nicht griffbereit hatte, steckte ich den französischen Dom in meine Innentasche über dem Herzen.

NACHWORT

Als Günther Rücker im Jahr 2004 achtzig Jahre alt wurde, bedauerten die den Jubilar würdigenden Zeitungs-Schreiber einmütig und heftig seinen Entschluß, nichts mehr schreiben zu wollen. Rückers Texte – Hörspiele, Drehbücher, Erzählungen und Essays – waren etwas Besonderes: Immer fand er den Punkt, mit einer klassischen Ausgangsposition in die Räume des Geschehens zu führen; ungewöhnliche/gewöhnliche Schicksale waren sein Markenzeichen; geschrieben in einer Sprache, die genauso breit und sinnlich einzelne Momente ausmalen konnte, wie sie es verstand, Ereignisse von Jahrzehnten in eine kurze Passage zu binden. Beharrlich behauptete der Autor, daß es wirkliche Begebenheiten und Schicksale seien, die ihm dank seiner Neugier auf Menschen förmlich zugeflogen seien, er habe sie nur aufgeschrieben. Und Authentisches kommt nun mal ohne Historie nicht aus, was den Geschichtskenner Rücker zu Texten mit eigner »Hausmarke« veranlaßte. »Denn er konnte so schön schöne Geschichten erzählen, besonders solche aus der Geschichte«, heißt es in der »Böhmischen Geschichte« über Gottfried Procházka, und mir schien es bei der Lektüre, der Autor deutet damit auch auf seine besonderen Fähigkeiten und umhüllt das mit einem Gran Selbstironie und Melancholie.

Nun gibt es also neue, noch in keinem Buch gesammelte Erzählungen, und Edition Schwarzdruck ist glücklich, sie publizieren zu dürfen. Günther Rücker – von Krankheit und Alter gezeichnet – lebt seit einigen Jahren in Meiningen, blickt aus den Fenstern seiner Wohnung auf die Berge und Hügelketten des Thüringer Waldes, die der böhmischen Landschaft seiner

Kindheit ähneln. »Bringt es das Alter mit sich, daß man nicht enden kann in den Erinnerungen? ... Ist es Altern allein, das hier wirkt und zum Ende noch einmal Glanz sucht in den Trümmern und den Steinbrüchen des Lebens?« schrieb der Sechzigjährige 1984, gerade mit »Hilde, das Dienstmädchen« beschäftigt. Damals sagte er auch, daß »jede andere Arbeit erst freigegeben wird von der Zensur des Lebens, wenn Einverständnis hergestellt ist in den Gemütswinkeln und den Vernunftskorridoren«, was keine nur allgemeine Übereinstimmung meinte zwischen seinen Intentionen und dem Lauf der Welt, die damals noch mit der Hoffnung auf eine sozialistische Zukunft verbunden war.

Dafür hatten sein Vater und dessen Genossen gelebt und gearbeitet. Sie haben gestritten und viel gelesen, gesungen und getanzt, Sport getrieben, waren wandern und halfen einander. Verwurzelt in der Arbeiterbewegung, schufen und lebten sie eigene Werte, eine eigene Kultur und Moral. Für viele von ihnen war es selbstverständlich, Hitler Widerstand zu leisten. Der Schriftsteller und Regisseur Günther Rücker erinnerte mit seinen Arbeiten auch an diese Tradition. Er schildert die Lebenswege kleiner und großer Helden des antifaschistischen Widerstands und erzählt von den den Zwängen und Zufällen des 20. Jahrhunderts ausgelieferten Schicksalen. Oft waren Lager und Gefängnisse Stationen dieser Wege, es gab Solidarität und Verrat, Glück und Unglück, und die Hoffnung auf eine bessere Zukunft half zu überleben. Und diese Erfahrung soll mit dem Zusammenbruch sozialistischer Experimente ausgelöscht, diffamiert, gänzlich unerwähnt sein? Günther Rücker traf 1989 der Rückschlag hart. Hatte er nicht gerade in seinem Film »Hilde, das Dienstmädchen« gezeigt, wie rasch sich Massen manipulieren ließen, wie schwer es war, dem Trend zu widerstehen. Er hatte genug Erfahrung und Phantasie, um zu wissen, was kommen würde, und er verstummte. Bis seine Empörung über wiederholt auftretenden Fremdenhaß und unverblümte Rückgabe-Ansprüche ehemals heimatlicher Gebiete ihm die Stimme zurückgab. Rücker schreibt wieder und wie immer erzählt er Jahrhunderterfahrung und zieht alle Register: Mal wütend überschäumend, mal gelassen und mit dem feinen Humor des Weisen. Wieder fand er Zeitzeugen, deren Leben Normales und Kurioses, Unwahrscheinliches und Allzumenschliches vereint: einen deutschen Kriegsgefangenen, der in Auschwitz dank des Brotes früherer jüdischer Häftlinge am Leben blieb. Die Erbin eines großen Hotels, die nie in den Besitz des Erbes kam. Und zwei erste Lieben. Die eine wird zerstört von den Vorurteilen und der Grausamkeit scheinbar ganz normaler heutiger Zeitgenossen. Die andere hält ein Leben lang, auch wenn Schicksale und Ansichten der Liebenden höchst unterschiedlich verliefen.

Christel Berger

BIOGRAPHISCHES

Günther Rücker wurde am 2. Februar 1924 in Reichenberg (heute Liberec/Tschechien) geboren. 1942 legte er ein Notabitur in Reichenberg ab und war bis 1945 Soldat. Er geriet in britische Kriegsgefangenschaft. 1947 bis 1949 studierte er Schauspielregie an der Mendelssohn-Akademie in Leipzig, war von 1949 bis 1951 Regisseur beim Leipziger Sender. Ab 1952 arbeitete er als freier Schriftsteller und freier Mitarbeiter der DEFA in Berlin. Von 1972 bis 1982 war er der Sekretär der Sektion Literatur und Sprachpflege der Akademie der Künste der DDR. Er lebt seit dem Jahr 2000 in Meiningen in Thüringen.

Wichtigste Veröffentlichungen:
Der Platz am Fenster. Hörspiel. 1961
Der Fall Gleiwitz. Filmdrehbuch, zusammen mit Wolfgang Kohlhaase. 1961
Der Platz am Fenster gegenüber. Hörspiel. 1962
Requiem für einen Lampenputzer. Hörspiel. 1962
Die besten Jahre. Filmdrehbuch. 1965
Der Herr Schmidt. Ein deutsches Spektakel mit Polizei und Musik. Theaterstück. Uraufführung 1969
Porträt einer dicken Frau. Hörspiel. 1971
Der Dritte. Filmdrehbuch. Nach einem Roman von Eberhard Panitz. 1972
Sieben Takte Tango, 11 Hörspiele und 1 Komödie. Reclam-Verlag, Leipzig 1979
Die Verlobte. Filmdrehbuch. Nach Romanen von Eva Lippold. 1980
Herr von Oe. / Hilde, das Dienstmädchen. Zwei Erzählungen. Aufbau-Verlag, Berlin und Weimar 1985
Anton Popper und andere Erzählungen. Aufbau-Verlag, Berlin und Weimar 1985
Alles Verwandte. Novellen. Wagenbach Verlag, Berlin 1987
Erzählung eines Stiefsohns. Prosa, Essays. Reclam-Verlag, Leipzig 1988
Die Verlobte. Texte zu sieben Spielfilmen. Henschelverlag, Berlin 1988
Woher die Geschichten kommen. Beiträge aus zwei Jahrzehnten. Aufbau-Verlag, Berlin und Weimar 1990
Otto Blomow. Geschichte eines Untermieters. Rütten & Loening, Berlin 1991

Glossar

Geben Sie mir die Ehre und trinken Sie ein Glas Tee ...
Bielitz: heute: Bielsko-Biala, Stadt im Süden Polens, am Fuß der Beskiden.
Plötzlich heißt es: Schluß, alles ist aus: Der Zweite Weltkrieg begann mit dem Überfall auf Polen am 1. September 1939 durch Nazi-Deutschland. Am 17. September folgte der Einmarsch der Roten Armee in Polen. Warschau kapitulierte am 28. September, ein Deutsch-Sowjetischer Vertrag legt den Bug als neuen Grenzfluß zwischen Deutschland und der UdSSR fest. Beide Aggressoren handelten im gegenseitigen Einvernehmen auf der Grundlage des am 23. August 1939 von Ribbentrop und Molotow unterzeichneten Nichtangriffspakts. Das sogenannte Geheime Zusatzprotokoll des Nichtangriffspaktes besagte, daß im Falle »von territorialen Veränderungen auf dem polnischen Staatsgebiet die beidseitigen Interessensphären von Deutschland und der Sowjetunion annähernd von den Flüssen Narew, Weichsel und San begrenzt werden«. In den besetzten Gebieten kam es zwischen 1939 und 1941 zu »ethnischen Säuberungen« und somit auch zur Deportation vieler Polen und polnischer Juden in weit entfernte Gebiete der UdSSR. Es gerieten auch zahlreiche polnische Militärangehörige in Kriegsgefangenschaft der UdSSR. Viele dieser kriegsgefangenen Offiziere wurden bei Katyn und anderswo vom sowjetischen Geheimdienst NKWD erschossen.
Lemberg: heute: Lvov, Stadt in der Ukraine.
Astrachan: russische Stadt an der Wolga.
Kattowitz: heute: Kattowice, Stadt in Polen.
Spondylose: Als Spondylose (Spondylosis deformans) werden alle auf dem Röntgenbild sichtbaren Veränderungen des Wirbelkörpers bezeichnet, die ein degenerativ veränderter Bandscheibenraum zur Folge hat.
die sibirischen Regimenter kommen sahen zum Entsatz für die Stadt: Die Wende zugunsten der Roten Armee in der Stalingrader Schlacht ermöglichten auch frische Einheiten, die aus Sibirien abgezogen werden konnten, als klar war, daß Deutschlands Verbündeter Japan dort nicht angreift.
Altgläubige: Bezeichnung für Teile der Bevölkerung, die nach der Reformation bei der Katholischen Kirche verblieben oder im Zuge der Rekatholisierung zum Katholizismus zurückgekehrt sind oder (in diesem Fall wohl) »Altkatholiken«, eine Abspaltung von der katholischen Kirche. (siehe S. 139)
Ruthenen: Ruthenien (abgeleitet von Ruthenia, dem lateinischen Namen für Rus) ist ein historischer Landschaftsname, den verschiedene Gebiete im Bereich der heutigen Staaten Ukraine, Weißrußland, Litauen trugen. Die Bewohner der jeweiligen Gebiete hießen Ruthenen (selten: Ruthenier, ältere Bezeichnung: Reußen). Eine Verwaltungseinheit um die Stadt Lemberg hieß Wojewodschaft Ruthenien. Im weiteren Sinne verstand man unter Ruthenen die gesamte ostslawische Bevölkerung: Russen, Weißrussen, Ukrainer. In Österreich bzw. Österreich-Ungarn bezeichnete man

1772–1918 die ukrainischsprachigen Reichsangehörigen amtlich als Ru∞
thenen. Wegen mangelnder Eindeutigkeit wurde der Name Ruthenen im∞
mer ungebräuchlicher.

Eine polnische Armee unter einem polnischen General, mitten in Rußland: Nach der Niederlage im Herbst 1939 bauten Polen noch mehrfach Armeen auf: 1939 in Frankreich, im Sommer 1940 (nach der Kapitulation Frank∞ reichs) in Großbritannien, 1941 in der Sowjetunion die Armee von Ge∞ neral Wladyslaw Anders, 1943 erneut eine Armee in der Sowjetunion, die an der Seite der Roten Armee kämpfte und dazu noch die sogenannte Heimatarmee (von der Londoner bürgerlichen Exilregierung gesteuert) und die sogenannte Volksarmee (von Moskau kontrolliert) als bewaffne∞ ter Widerstand im besetzten Polen.

Nach dem deutschen Überfall auf die Sowjetunion schlossen die polnische Exilregierung und die Sowjetregierung am 30. Juli 1941 ein Abkommen, das u. a. die Freilassung polnischer Staatsbürger aus den Gefängnissen und Lagern und die Bildung einer polnischen Armee vorsah. Sie wurde unter der Leitung von General Władysław Anders geschaffen, zählte im Frühjahr 1942 wohl um die 70 000 Mann und unterstand der Londoner Exilregierung. Der größte Teil dieser sogenannten Anders∞Armee wurde über Persien und Nordafrika letztlich an die Front in Italien verlegt, wo sie als II. Polnisches Korps u. a. das Kloster Monte Cassino am 18. Mai 1944 eroberte. In der Sowjetunion blieben aber auch Offiziere und Soldaten aus unterschiedlichen Gründen zurück, zu denen für jüdische Soldaten auch der in dieser Armee herrschende polnische Antisemitismus gehörte.

Im April 1943 beschloß Stalin, quasi »eigene« polnische Streitkräfte an der Seite der Roten Armee aufzubauen. Diese entstanden gegen den Wil∞ len der polnischen Exil∞Regierung in London. Die Befehlsgewalt hatten oft sowjetische Offiziere, politische Offiziere waren meist Polen. Soldaten dieser Armee waren Polen, die 1939–1941 in die Sowjetunion deportiert worden waren, ab 1944 auch Bewohner der polnischen Ostgebiete. Aus der I. Tadeusz∞Kosciuszko∞Division unter dem Oberst Zygmunt Berling, die 11 000 Mann zählte und die im Mai 1943 entstanden ist, sind zu Kriegsende zwei Armeen von über 330 000 Soldaten geworden.

Eine Böhmische Geschichte

bis der österreichische Kaiser die Mobilmachung verkündete: Gemeint ist die durch den österreichischen Kaiser Franz Joseph befohlene Mobilmachung 1914, die mit zum Ersten Weltkrieg führte.

wie ein Kaiser von einem Adligen zum König gekrönt wurde: Mit allem Pomp fand am 8. Juni 1867 in Budapest die feierliche Krönung des öster∞ reichischen Kaisers Franz Joseph zum ungarischen König statt. Im Zuge des sogenannten österreich∞ungarischen Ausgleichs bekam Ungarn da∞ mit den Status eines eigenen »Staates innerhalb der k.u.k.∞Doppel∞Mon∞ archie« und so zumindest innenpolitisch eine größere Eigenständigkeit. Gyula Graf Andrássy de Csíkszentkirály et Krasznahorka (1823∞1890) war ein ungarischer Adliger, der sich 1848 an Lajos Kossuths Erhebung gegen die Habsburger Herrschaft beteiligt hatte, nach dessen Niederlage zum Tode verurteilt wurde und ins Exil ging. 1858 wurde er durch Franz Joseph begnadigt und kehrte 1860 nach Ungarn zurück. 1866 hatte er eine erste Begegnung mit Österreichs Kaiserin Elisabeth (»Sissi«). Ihm wurde großer Einfluß auf sie nachgesagt, der maßgeblich zu Elisabeths Engagement für Ungarn geführt haben soll. Als führender Politiker der habsburgerfreundlichen Partei wurde er nach 1867 Ministerpräsident (Ungarns), später Außenminister. Eine Liebesgeschichte zwischen ihm und Sissi ist ewiges Spekulationsthema unter Sissi-Fans.

nannten sich lieber Sudetendeutsche und kamen als solche auch wunschgemäß ins Deutsche Reich: Als Sudetendeutsche werden die ehemaligen deutschen Einwohner in den als Sudetenland bezeichneten Gebieten der Länder Böhmen, Mähren und Österreichisch-Schlesien bezeichnet. Die Sudetendeutsche Partei von Konrad Henlein gewann mit Unterstützung der deutschen NSDAP 1935 zwei Drittel der deutschen Abgeordnetenmandate im tschechoslowakischen Parlament in Prag und forcierte den Anschluß ans deutsche (Nazi-)Reich mit allen Mitteln – bis hin zu bewaffneten Putschversuchen. Nach dem Zweiten Weltkrieg wurden die Sudetendeutschen 1945/1946 vorwiegend nach Deutschland vertrieben bzw. zwangsausgesiedelt auf der Grundlage der Beschlüsse der Potsdamer Konferenz und der sogenannten Beneš-Dekrete.

als die Amerikaner in der Normandie landeten: Eröffnung der zweiten Front in Europa während des Zweiten Weltkriegs durch die Landung der westlichen Alliierten in Frankreich am 6. Juni 1944.

Smolensk: russische Stadt, im Zweiten Weltkrieg schwer umkämpft.

Auschwitz: die südpolnische Stadt Auschwitz war Standort des größten Komplexes von Konzentrationslagern im Dritten Reich mit Auschwitz I (das ursprüngliche Konzentrations- bzw. Gefangenenlager), Auschwitz II (Birkenau – Vernichtungslager) und Auschwitz III (Monowitz – ein Arbeitslager vor allem für Betriebe der IG Farben). Die Zahl der Opfer von Auschwitz wird heute auf 1,1 bis 1,5 Millionen Menschen geschätzt. Die Mehrheit von ihnen wurden in Gaskammern umgebracht. Nach der Befreiung und noch vor dem Kriegsende wurde in Auschwitz ein Gefangenenlager der sowjetischen Militärbehörden eingerichtet. Bis wahrscheinlich zum 23. Juni 1947 wurden hier deutsche Kriegsgefangene, aber auch Ungarn, Österreicher, Rumänen, Sudetendeutsche, Tschechen und Polen festgehalten. Weitere der ehemaligen 40 Außenlager von Auschwitz wurden ebenfalls von sowjetischen und später auch polnischen Behörden noch länger als Gefangenenlager benutzt.

Ještěd: Der Ještěd (deutsch: Jeschken) ist mit 1012 m die höchste Erhebung im Jeschkengebirge in Nordböhmen (Tschechien). Er ist der Hausberg von Liberec.

Liberec: früher Reichenberg. Geburtsstadt Günther Rückers.

Hohe Tatra: Die Hohe Tatra (slowakisch »Vysoké Tatry«, polnisch »Tatry Wysokie«) ist ein Teilgebirge der Tatra, der höchste Teil der Karpaten und gehört zu zwei Dritteln zur Slowakei und zu einem Drittel zu Polen.

der Zipser: einer aus der Gegend von Zips, einer slowakischen Landschaft. Das Gebiet liegt in der nordöstlichen Slowakei in der Hohen Tatra und im Gebiet östlich davon.
als die böhmischen Bahnen tschechisch wurden: **Der Staat Tschechoslowakei** entstand nach dem Ersten Weltkrieg, durch den Zerfall Österreich-Ungarns. Nach der Niederlage im Ersten Weltkrieg wurden die Bestrebungen der Tschechen und Slowaken nach nationaler Selbstbestimmung auch durch die Alliierten unterstützt. Am 28. Oktober 1918 wurde in Prag der neue Staat proklamiert. Durch die Verträge von Saint-Germain und Trianon von 1919 war das Ende der Doppelmonarchie und damit das Fortbestehen der ČSR fixiert.
Aussiedler(liste): Angehörige der deutschen Minderheit, die nach Deutschland aussiedeln wollten oder (aufgrund der Beneš-Dekrete) mußten.
Umsiedler: So wurden in Ostdeutschland offiziell die in Deutschland eingetroffenen, meist deutschstämmigen Flüchtlinge bzw. Vertriebene genannt.

Das Grandhotel »Silberner Adler«

Orientexpreß und Balkanexpreß: Zum ersten Mal fuhr der »Orientexpreß« am 5. Juni 1883 von Paris in Richtung Osten. Es handelte sich um einen Hotelzug mit Salon-, Schlaf- und Speisewagen und war der erste transeuropäische Kontinentalexpreß-Zug. Seit 1888 verkehrte der Orient-Expreß durchgehend über Budapest, Zagreb und Sofia bis Konstantinopel. Bis zum Ersten Weltkrieg blieb der Zug in erster Linie ein Luxuszug. Während des Ersten Weltkrieges gab es keinen Zugverkehr zwischen den verfeindeten Staaten. Stattdessen betrieb die Mitropa seit dem 15. Januar 1916 den »Balkanzug« zwischen Berlin und Konstantinopel, der durch das besetzte Serbien führte. Ab 1920 hieß der Zug aufgrund einer Routenänderung »Paris-Wien-Prag-Warschau-Expreß«. Schon 1921 fuhr der Zug wieder als »Orient-Expreß«, allerdings nur noch bis Bukarest.
Einmarsch der deutschen Wehrmacht in Böhmen und ins »Sudetengebiet«: Er folgte am 1. Oktober 1938, unmittelbar nach dem »Münchner Abkommen« vom 29. September 1938, das Hitler »freie Hand« gab.
Besetzung Österreichs durch die Deutschen: Am 12. März 1938 wurde der sogenannte »Anschluß« vollzogen.
edler Ritter Prinz Eugen hatte hier eine Brücke schlagen lassen, auf der er konnt wohl rüber rucken gegen die Türken: Zeile aus einem Lied. Prinz Eugen Franz von Savoyen-Carignan (1663–1736) war ein österreichischer Feldherr, der während des Großen Türkenkrieges den habsburgischen Gegenstoß in Ungarn befehligte. Seinen Ruf als Feldherr begründete der entscheidende Sieg in der Schlacht bei Zenta 1697, wo er die Hauptmacht der Türken an einem Flußübergang vernichten konnte. Danach nahm er Sarajewo ein, das er fast völlig zerstörte. Die unmittelbare Folge war der Friede von Karlowitz 1699, in dem Österreich Türkisch-Ungarn, Siebenbürgen und Slawonien erlangte und so Großmacht wurde.
Glaube der Altkatholiken: Die Altkatholische Kirche ist eine von Rom unabhängige katholische Kirche, gegründet im 18. Jahrhundert in den

Niederlanden. Altkatholische Kirchen in Deutschland/Österreich entstanden nach dem Ersten Vatikanischen Konzil 1870. Christen, die die Beschlüsse dieses Konzils nicht annahmen, wurden von der römisch-katholischen Kirche exkommuniziert und gründeten dann eigene Kirchen. Hauptkritikpunkte waren die dogmatischen Definitionen von der Unfehlbarkeit des Papstes. Für die Altkatholiken gilt (neben einigen sehr speziellen religiösen Unterschieden zum römisch-katholischen Glauben) unter anderem: Alle erwachsenen Kirchenmitglieder (Laien und Geistliche) haben weitgehende Mitbestimmungsrechte, die Verpflichtung zur Ohrenbeichte, das Priesterzölibat und das Ablaßwesen wurden aufgehoben, der Gottesdienst wird in der Regel in der Landessprache gefeiert, die römisch-katholischen Mariendogmen (unbefleckte Empfängnis) werden abgelehnt, Frauen werden in den meisten Kirchen zum Priesteramt zugelassen, wiederverheiratete Geschiedene werden nicht von den Sakramenten ausgeschlossen, die Segnung gleichgeschlechtlicher Paare ist möglich, die Bibel gilt als übergeordnete Autorität.

Kronland des Kaisers in Wien: Kronländer hießen die Teilgebiete der österreichisch-ungarischen Monarchie. Beginnend im 16. Jahrhundert waren die habsburgischen Länder einem fortschreitenden Integrations- und Staatsbildungsprozeß unterworfen, an dessen Ende 1804 das Kaisertum Österreich proklamiert wurde. Die Kronländer der Donaumonarchie hatten keinen Staatscharakter. So fehlten ihnen die je eigene Regierung und das eigene Staatsvolk. (Eine Tiroler oder mährische Staatsangehörigkeit hat es nie gegeben.) Trotzdem waren die Kronländer Gebiete mit historisch gewachsenen politischen und rechtlichen Besonderheiten und damit mehr als bloße Verwaltungsbezirke. Die Kronländer hatten einen Landeshauptmann oder Statthalter, der dem Verwaltungsapparat vorsaß. Die Landtage waren bis 1848 traditionelle Ständeversammlungen, sie wurden nach der Revolution vom Kaiser aufgelöst und erst nach 1860 in neuer Form einberufen. Seitdem hatten einige Mitglieder ihren Sitz qua Amt (beispielsweise Bischöfe), andere wurden gewählt. Es galt dabei aber kein allgemeines und gleiches Wahlrecht, sondern eine Mischung aus Privilegien- und Zensuswahlrecht. Nach dem österreichisch-ungarischen Ausgleich von 1867, der die Verfassung der Habsburgermonarchie auf eine neue Grundlage stellte, galt Ungarn nicht mehr als Kronland. Es war vielmehr ein eigener Staat, der mit dem Rest der Monarchie (kurz: Österreich) einige gemeinsame Institutionen hatte. Kronländer waren von 1867 bis 1918: Böhmen, Mähren, Österreichisch-Schlesien, Niederösterreich, Oberösterreich, Tirol, Salzburg, Vorarlberg, Steiermark, Kärnten, Krain, das Österreichische Küstenland (die gemeinsame Verwaltung der Kronländer Görz, Triest, Istrien), Galizien, Bukowina und Dalmatien.

juridisch: juristisch (österr.)

Einfall der deutschen Wehrmacht in Jugoslawien: 6. April 1941

Tito: Josip Broz Tito (1892–1980) war Politiker und langjähriger Staatspräsident Jugoslawiens. Das Pseudonym Tito nahm der Kommunist Josip Broz 1934 an, als er in den politischen Untergrund ging. Als Marschall führte Tito im Zweiten Weltkrieg die kommunistischen Partisanen im Kampf gegen die deutschen und italienischen Besatzer Jugoslawiens. Nach dem Krieg wurde er Ministerpräsident und später bis zu seinem Tod Staatspräsident seines Landes. Er verfolgte eine von der Sowjetunion unabhängige Politik und galt seit den 1950er Jahren als einer der führenden Staatsmänner der Bewegung der blockfreien Staaten.

ungarische Pfeilkreuzler: Als »Pfeilkreuzler« wurde eine faschistische Partei in Ungarn bezeichnet. 1935 gegründet als Partei des nationalen Willens, entstanden daraus 1937 die Pfeilkreuzler. Sie verwandten ein Symbol, das an das Hakenkreuz angelehnt war. Es war ein aufrechtes symmetrisches Kreuz mit Pfeilspitzen an den Enden (gewöhnlich in einem weißen Kreis auf rotem Grund). Bei der Parlamentswahl 1939 erhielt die Pfeilkreuzler-Partei rund 25 Prozent der Stimmen, war jedoch bis zum 15. Oktober 1944 nie an einer Regierung beteiligt. Erst nachdem der Versuch der Horthy-Regierung, einen Separatfrieden mit den Westalliierten zu schließen, gescheitert war, übernahmen die Pfeilkreuzler die Regierung. Mit ihrer Hilfe konnte die zweite, von den Deutschen geplante Deportationswelle im November 1944 durchgeführt werden. Nach der Machtübernahme der Pfeilkreuzler im Oktober 1944 wurden von ihnen zehntausende ungarische Juden am Ufer der Donau erschossen. Bis März 1945 sollen 50 000 Juden von der Nazi-Partei ermordet worden sein. Durch die Unterstützung der deutschen Behörden bei der Deportation der ungarischen Juden in deutsche Konzentrationslager tragen die Pfeilkreuzler Mitverantwortung für den Tod von weiteren rund 500 000 Menschen.

Preßburg: Bratislava (slowakische Stadt).

Ostmark, Ostmärker: Das Wort Ostmark bezeichnete (in diesem Zusammenhang) von 1938 bis 1942 das Gebiet des vormaligen Staates Österreich nach dem »Anschluß an das Deutsche Reich«. Von 1942 bis 1945 sprach man von der »Donau- und Alpenreichsgaue«.

Theresienstadt: Terezin (deutsch: Theresienstadt), tschechische Stadt mit alter österreichischer Festung. Im Juni 1940 begannen die deutschen Besatzer aus Theresienstadt ein Konzentrationslager zu machen. Sie richteten dort ein Gefängnis der (Geheimpolizei) Gestapo ein, in dem bis 1945 etwa 32 000 Mitglieder des Widerstandes und Kriegsgefangene eingesperrt wurden. Im November 1941 entstand ein Sammel- und Durchgangslager für die jüdische Bevölkerung Böhmens und Mährens. Am 16. Februar 1942 mußte die einheimische Bevölkerung die Stadt verlassen, es kamen Juden in das von den Nazis sogenannte »Altersghetto«. Zeitweilig diente Theresienstadt der Nazi-Propaganda als »Vorzeigeghetto«, um die internationale Öffentlichkeit über die mit der »Endlösung der Judenfrage« verbundenen Ziele zu täuschen. Mehr als 140 000 Häftlinge lebten bis zum Mai 1945 im Theresienstädter Lager. 38 000 von ihnen starben dort, fast 90 000 wurden in Vernichtungslager weitertransportiert.

Von Papen: Franz von Papen (1879-1969) war ein katholischer deutscher Politiker der Zentrumspartei, 1932 Reichskanzler und 1933-1934 Vizekanzler im ersten Regierungskabinett Hitlers.

Herrnhut, Herrnhuter Gemeinde: Die Herrnhuter Brüdergemeinde ist eine u.a. aus der böhmischen Reformation stammende christliche Glaubensbewegung innerhalb der protestantischen Kirche. In der Brüderkirche haben sich Strömungen aus der böhmischen Reformation von Jan Hus, aus dem Pietismus und Calvinismus vereinigt.

Rommels Siege in Afrika: Zeitweise gelangen der deutschen Wehrmacht (Afrikakorps) im Zweiten Weltkrieg unter dem Kommando des Generals (später Generalfeldmarschall) Rommel Siege in Afrika gegen die Engländer. Nach der Schlacht von El Alamein 1942 war es damit vorbei.

Stalingrad: Russische Stadt an der Wolga, Schauplatz einer der ersten von den Deutschen verlorenen kriegsentscheidenden Schlachten (August 1942 bis Januar 1943) mit der Vernichtung der deutschen 6. Armee.

Bund deutscher Mädel: Der Bund Deutscher Mädel (BDM) und der Jungmädelbund (JM) waren während der Nazizeit die Hitler-Jugend für Mädchen im Alter von 10 bis 18 Jahren.

Zusammenbruch des Kaiserreichs: 1918 brach mit der Niederlage im Ersten Weltkrieg auch die k. u. k. Monarchie Österreich-Ungarn auseinander.

Organisation Todt: Die Organisation Todt war eine militärisch organisierte Bautruppe (1938 gegründet). Sie wurde vor allem für Bauten (Westwall, U-Bootbunker, Atlantikwall, Raketen-Abschußrampen, unterirdische Fabrikanlagen u. a.) in den von Deutschland besetzten Gebieten eingesetzt. In der Organisation Todt arbeiteten angeworbene (z. T. freiwillige) Hilfskräfte aus den westeuropäischen Ländern, ab 1942 vermehrt Zwangsarbeiter und Kriegsgefangene, ab 1943/44 zunehmend auch KZ-Häftlinge.

Altreich: Meint die Gebiete Deutschlands in den Grenzen von 1937.

Stammrolle: Die Stammrolle (Rekrutierungsstammrolle) war das von der Gemeindebehörde zu führende Verzeichnis aller im militärpflichtigen Alter stehenden männlichen Einwohner einer Ortschaft. Diese und ihre Angehörigen waren verpflichtet, Aufenthaltsänderungen etc. zu melden. Manchmal wurde mit Stammrolle auch die Liste der Mannschaften einer militärischen Einheit bezeichnet.

Kertsch: Halbinsel und gleichnamige Stadt auf der Krim, Schauplatz blutigster Kämpfe im Zweiten Weltkrieg.

Armeegruppe Hoth: deutsche Wehrmachtsgruppe unter General Hermann Hoth, die die in Stalingrad von der Roten Armee eingeschlossene deutsche 6. Armee befreien sollte, aber in der Steppe von der Roten Armee aufgehalten und zurückgeschlagen werden konnte.

Matura: Hochschulreife

General Schörner: Fanatischer Nazigeneral, letzter Befehlshaber der noch bis zum 15. Mai 1945 (und damit nach der Kapitulation vom 8. Mai 1945!) in Böhmen und Mähren kämpfenden Wehrmachtseinheiten. Nach recht kurzer Kriegsgefangenschaft starb er als Pensionär in der BRD 1963.

Henlein: Konrad Henlein (1898-1945) war ein sudetendeutscher Ober-Nazi (u. a. Gauleiter). Selbstmord in amerikanischer Gefangenschaft.

Es lebten einst zwei Brüder

Lebenslauf Albert Hößlers, auf den sich das Hörspiel bezieht (Günther Rücker wohnte in Berlin in der Albert-Hößler-Straße): Geboren 1910 in Sachsen als zweiter Sohn des aktiven Gewerkschafters Walter Hößler. 1915 Vater Kriegsinvalide, 1917 verstarb die Mutter. Nach der Volksschule lernte Albert Hößler Gärtner, brach die Ausbildung ab, arbeitete als Färber, Wald- und Bauarbeiter, Gärtner und Kraftfahrer. 1929 Mitglied der KPD. Im März 1933 als bekannter KPD-Funktionär festgenommen, gelang ihm auf Grund einer Verwechslung die Flucht in die Tschechoslowakei. Im September 1934 kehrte er illegal nach Deutschland zurück und arbeitete im Ruhrgebiet. 1935 ist er in Belgien und Holland, 1935 bis 1937 war er an der Internationalen Lenin-Schule in Moskau. Im April 1937 ging er nach Spanien. Als »Oskar Stark« war er Kompanieführer im »Hans-Beimler-Bataillon«. Nach Verwundung 1937 Rückkehr in die UdSSR. Ausbildung zum Metallarbeiter in Tscheljabinsk, nach dem deutschen Überfall als Freiwilliger an die Front. Er wurde von der Aufklärung ausgebildet, im August 1942 sprang er bei Gomel ab, gelangte als Fronturlauber getarnt nach Berlin und nahm als »Helmut Wiegner« Kontakt zu Harro Schulze-Boysen auf. Gemeinsam mit Hans Coppi bemühte er sich um eine Funkverbindung nach Moskau. Im September 1942 festgenommen, wurde er durch die Gestapo ermordet.

wer dieses Jahr wohl die Rede hält: Zur sozialistischen »Jugendweihe« in der DDR wurden oft antifaschistische Widerstandskämpfer oder andere verdiente Personen gebeten, eine Rede zu halten

Ich komme von der Nationalen Front: Die »nationale Front« war die Vereinigung aller politischen (und damit sozialistischen) Parteien und Massenorganisationen in der DDR.

Er ging nach Spanien: Der Spanische Bürgerkrieg wurde seit Juli 1936 bis April 1939 zwischen der demokratisch gewählten republikanischen Volksfront-Regierung und Putschisten unter General Francisco Franco ausgetragen. Die Volksfront wurde von der Sowjetunion und zahlreichen internationalen Freiwilligen vorwiegend aus dem linken Spektrum unterstützt, Franco bekam aktive Hilfe von Nazideutschland und Italien. Die sogenannte Nichteinmischung von Frankreich, Großbritannien, USA u.a. war eine Unterstützung für Franco. Der Krieg endete mit dem Sieg Francos und führte zu seiner bis 1975 anhaltenden Diktatur.

Salut, amigos: Seid gegrüßt Freunde! (spanisch)

Brigaden: In den Internationalen Brigaden kämpften Freiwillige aus aller Welt für die Republikaner im Spanischen Bürgerkrieg.

Und gegenüber deine deutschen Landsleute: Gemeint ist die Legion Condor, ein Expeditionskorps des deutschen Nazi-Reiches, mit dem Hitler den Putschgeneral Franco gegen die demokratisch gewählte republikanische Regierung unterstützte. Dank dieser Hilfe konnte Franco seine Truppen überhaupt erst nach Spanien (von Marokko) bringen und sich militärisch behaupten. Für Nazideutschland war der Spanienkrieg ein willkommenes Testfeld für den bereits geplanten Weltkrieg. Bekannt wurde die Legion Condor durch die Bombardierung der baskischen Stadt Guernica.

Atlantikwall: Verteidigungsanlagen der Deutschen an der Atlantikküste zum Schutz vor einem alliierten Angriff von Seeseite.

Kommune/Sozialdemokrat: Kommunisten und Sozialdemokraten kämpften vor 1933 in Deutschland eher gegeneinander als miteinander gegen die Nazis und erleichterten so deren Machtübernahme.

Verdun: Französische Festungsstadt und 1916 Schauplatz einer der blutigsten Schlachten des Ersten Weltkrieges zwischen Deutschen und Franzosen.

Hammer und Sichel: Symbol der kommunistischen Bewegung, soll die Einheit von Arbeitern und Bauern symbolisieren.

»Der Imperialismus als höchste Stufe«: Das Buch »Der Imperialismus als höchste Stufe des Kapitalismus« von Lenin (erstmals erschienen 1916) ist ein Klassiker der marxistisch-leninistischen Literatur.

Dieser Präsident aus Übersee und dieser Kanzler ... und die Gräber mit den SS-Runen: US-Präsident Ronald Reagan und Bundeskanzler Helmut Kohl machten 1985 dem Ehrenfriedhof »Kolmeshöhe« in Bitburg ihre Aufwartung, wo auch Mitglieder der Waffen-SS begraben sind.

Wie der andere deutsche Kanzler niederkniete: Der Kniefall von Warschau durch Bundeskanzler Willy Brandt fand am 7. Dezember 1970 statt, zur Unterzeichnung des Warschauer Vertrages zwischen Polen und der BRD. Willy Brandt legte vor dem Ehrenmal des jüdischen Ghettos einen Kranz nieder. Nach dem Richten der Kranzschleife kniete er vor dem Mahnmal nieder. International wurde dies als eine Geste zur Versöhnung gewertet.

Der war ja im Krieg auch auf der richtigen Seite: Willy Brandt war als Mitglied der linkssozialistischen Partei SAP nach Norwegen emigriert und beteiligt am Widerstand gegen die Nazis.

Spassiba: Danke! (russisch, eigentlich geschrieben spassibo)

Japanischer Internierter ... In Korea an der japanischen Front: Korea war von 1910 bis 1945 eine brutal unterjochte japanische Kolonie. Es gab umfangreiche Partisanenaktivitäten von aus Nordchina und Rußland unterstützten kommunistischen Guerillatruppen. 1939 kam es in der Schlacht am Chalchin-Gol (in der Mongolei) zu einer ernsthaften militärischen Auseinandersetzung zwischen Japan und der UdSSR, die mit einer Niederlage Japans endete. Von Japanern wurden dabei auch biologische Waffen eingesetzt (Aerosole mit Milzbrand-Erregern). Im Zweiten Weltkrieg verzichtete Japan auf die schon geplante Option einer Invasion im sowjetischen fernen Osten zugunsten der vermeintlich erfolgversprechenderen »pazifischen« bzw. amerikanischen Variante. So unterzeichnete Japan am 13. April 1941 einen Neutralitätspakt mit der UdSSR, der von dieser am 5. April 1945 gekündigt wurde. Am 9. August 1945 erklärte die UdSSR Japan den Krieg. Die japanische Besatzungsmacht in Korea kapitulierte am 9. September 1945, im Norden gegenüber der Roten Armee, im Süden gegenüber den amerikanischen Truppen.

Schwerter und Pflugschare: »Schwerter zu Pflugscharen« war eine pazifistische Losung, beruhend auf einem Zitat aus der Bibel. Die Sowjetunion schenkte der UNO bei ihrer Aufnahme eine Skulptur von Jewgeni Wutschetitsch, die das Motiv bildlich-plastisch darstellt. Das Original ist in der Tretjakow-Galerie Moskau, die Kopie steht seit 1959 auf dem Gelände des

UNO-Hauptgebäudes in New York. Mitglieder christlicher und dissidentischer Kreise in der DDR trugen diese Parole Anfang der 80er Jahre als Aufnäher an ihrer Kleidung, lösten so eine große Diskussion darüber aus und nahmen dafür auch staatliche Repressalien in Kauf.
Chamisso: Adelbert von Chamisso (1781-1838, ursprünglich Louis Charles Adélaïde de Chamissot), deutscher Naturforscher und Dichter.

Vorfall am Elisabethbrunnen

Java: indonesische Insel
die Zeit, in der sie in der dritten Republik Frankreichs sich frei bewegen konnte: Bis zum Einmarsch der deutschen Wehrmacht im Mai/Juni 1940 konnten sich Emigranten in Frankreich relativ frei bewegen.
1941 ausgeliefert an Deutschland: Sowohl im von den Deutschen besetzten als auch im vorerst unbesetzten Teil Frankreichs (dem sogenannten Vichy-Frankreich) kam es zu Auslieferungen von Emigranten, internierten Spanienkämpfern, Widerstandskämpfern, Juden u. a. an die Deutschen.
Ravensbrück: Frauen-Konzentrationslager bei Fürstenberg (Brandenburg).
der Krieg, den die Niederlande gegen Indonesien verloren haben: Im Niederländisch-Indonesischen Krieg (1947/48) eroberten die Niederlande zwar fast das gesamte Gebiet, kämpften aber weiterhin gegen eine indonesische Guerilla und verloren vor allem ihre Sympathie der Weltöffentlichkeit. Im August 1949 mußten die Niederlande Verhandlungen mit der Republik Indonesien aufnehmen. Am 27. Dezember 1949 wurde in Amsterdam die Übergabe der Souveränität unterzeichnet.
George Sand: George Sand (1804-1876), französische Schriftstellerin.
Flaubert: Gustave Flaubert (1821-1880) französischer Schriftsteller.
die Stein: Gertrude Stein (1874-1946), US-amerikanische Schriftstellerin.
Djuna Barnes: (1892-1982), US-amerikanische Schriftstellerin.
Virginia Woolf: (1882-1941), britische Schriftstellerin.

Erste Liebe

Monowitz: Arbeitslager im KZ Auschwitz (Ausschwitz III).
Henleinleute: Sudetendeutsche Nazis, die unter Führung von Konrad Henlein bis hin zu bewaffneten Aufständen alles versuchten, das »Sudetenland« an Hitlerdeutschland anzuschließen.
Rezipiß: Empfangsbescheinigung, Quittung (österr.)
Reagan: Ronald Wilson Reagan (1911-2004) war Schauspieler und von 1981 bis 1989 der stockkonservative 40. Präsident der USA.
Rommel: Erwin Rommel, Nazigeneral(feldmarschall), befehligte unter anderem das Afrikakorps. Selbstmord aus Angst vorm faschistischen sogenannten Volksgerichtshof, der ihm wegen Kontakten zu den gescheiterten Militärputschisten des 20. Juni (Stauffenberg u.a.) drohte.
Tobruk: Im Zweiten Weltkrieg von den Briten lange gehaltene und dann doch von den Deutschen eroberte Festungsstadt in Nordafrika.
Bacchalaureat: Im Angloamerikanischen: der zuerst erreichte berufsqualifizierende Hochschulabschluß.

*Die BWL ist unsere Taschenbuchreihe,
in der neue und wiederentdeckte Lyrik und Prosa veröffentlicht wird:*
Jeder Band 12x20 cm, Schutzumschlag mit Linolschnitt von
Roland Berger, jede Auflage 333 numerierte Exemplare.

ARTHUR WEST • MÄNNLICHER AKT
Liebesgedichte · Mit Zeichnungen von Undine Schneider ·
2. Auflage 2000 · 80 Seiten · 11 Euro

MARCUS BRÜHL • ATEMLICHT GERÄUSCHLOS
Gedichte · Erstveröffentlichung · Zeichnungen von Guido Sommer ·
82 Seiten · 11 Euro

THOMAS LUTHARDT • SCHWEIGEN. DIESES SELTSAME GRÜN
Gedichte · Zeichnungen von Roland Berger · 80 Seiten · 11 Euro

BERND SCHIRMER • SCHLEHWEINS GIRAFFE
Roman · Vignetten von Undine Schneider · 128 Seiten · 13 Euro

STEFFEN MENSCHING • QUIJOTES LETZTER AUSZUG
Ein Monolog · Erstveröffentlichung · 60 Seiten · 10 Euro

ARTHUR WEST • DER HERBE MONOLOG
Lyrik · Vorwort von Peter Turrini · Erstveröffenlichung · 72 S. · 11 Euro

WALDTRAUT LEWIN • ZAUBERMENAGERIE
Lyrik und Prosa, teilweise erstmals veröffentlicht · Zeichnungen von
Undine Schneider · 80 Seiten · 11 Euro

WOLFGANG KOHLHAASE • SILVESTER MIT BALZAC
Erzählungen · Zeichnungen von Roland Berger · 160 Seiten · 14 Euro

MICHAEL MÄDE • BALANCE AM RAND
Gedichte · 80 Seiten · 11 Euro

ADELE RIDDER • ENTZAUBERUNG DER SPRACHLOSEN
Gedichte · Zeichnungen von Undine Schneider · 76 Seiten · 11 Euro

OMAR SAAVEDRA SANTIS • DIE GROSSE STADT
Roman · Berlin 2002 · 360 Seiten · 12 x 22,5cm · Paperback · 20 Euro
»Die GROSSE STADT ist ein Buch über ein aus heutiger Sicht ungeheuerliches und verrücktes Projekt ... Die GROSSE STADT ist der Roman einer Epoche und die Reflexion über die Kraft einer Utopie.«
(Gerhard Eisenbürger im »FREITAG«)

ARTHUR WEST - VERSUCH EINER WERKAUSGABE
Arthur West, ein jüdischer Kommunist aus Wien, war vor allem als kultur(politischer) Redakteur der »Volksstimme« anerkannt. Zeit seines bewegten Lebens (Emigration in England, Internierung als »feindlicher Ausländer«, Rückkehr als Angehöriger der britischen Armee) schrieb er Dramatik, Lyrik und Prosa. Arthur West starb im Jahr 2000. Mit diesem Versuch einer Werkausgabe in Form von »Lesebüchern« machen wir Lyrik und Prosa aus seinen vergriffenen Büchern und Unveröffentlichtes aus dem Nachlaß dem Leser wieder zugänglich. Somit kann dieser »große Dichter« (Peter Turrini), der vom linken intellektuellen Österreich schon lange hochgeschätzt wird, nun auch fast vollständig vom deutschen Leser in aller Breite, Vielfalt, Schönheit und Widersprüchlichkeit entdeckt werden.

Jeder Band: 12x22,5cm · Paperback · 160 Seiten · Einzelband je 16 Euro · Alle drei Bände zusammen im Schuber: 48 Euro

Band 1 FÄHRTEN DER ZEIT
Politische Lyrik und Prosa · Vorwort von Peter Turrini

Band 2 REIMWEH UND LIEDERKEHR
Verstreute poetische Werke · Vorwort von Heinz Rudolf Unger

Band 3 PRIVATE PROTOKOLLE
Liebeslyrik und Persönliches · Vorwort von Ludwig Laher

**Bestellungen richten Sie bitte direkt an den Verlag:
Marc Berger · Brunnenstraße 163 · 10119 Berlin
marcberger@schwarzdruck.de · www.edition-schwarzdruck.de**

Editorische Notiz

Geben Sie mir die Ehre und trinken ein Glas Tee mit mir:
Erstveröffentlichung in: »Die Grünstein-Variante. Hörspiele«,
Henschelverlag Kunst und Gesellschaft, Berlin 1980
Eine böhmische Geschichte: Erstveröffentlichung in: »Der Palmbaum«.
Literarisches Journal aus Thüringen. 1/2006.
Vom Autor für diese Ausgabe überarbeitet.
Das Grandhotel »Silberner Adler«: Erstveröffentlichung
Es lebten einst zwei Brüder:
Erstveröffentlichung in: »Höchste Zeit. Hörspiele.«
Henschelverlag Kunst und Gesellschaft, Berlin 1989
»Vorfall am Elisabethbrunnen«: Erstveröffentlichung in: NDL 7/1993
Vom Autor für diese Ausgabe überarbeitet.
»Erste Liebe«: Erstveröffentlichung

Edition Schwarzdruck dankt herzlich
für die Unterstützung bei der Herstellung dieses Buches:
Günter Agde, Werner Fischer, Kurt Schwaen (†),
Gisela und Dietmar Winkler, Brigitte Zimmermann, Ralf Zühlke
und der Maro-Druckerei Augsburg.

Bibliothek Weltgeschichtlicher Lebenserfahrung · Band 11
Edition Schwarzdruck, Berlin 2007

www.edition-schwarzdruck.de
© für diese Ausgabe by Edition Schwarzdruck.
Alle Rechte an den Texten liegen bei den Autoren.
Den Linolschnitt auf dem Schutzumschlag und die
Illustrationen (Abbildungen nach Kaltnadelradierungen)
schuf Roland Berger, Hohen Neuendorf.
Das Glossar entstand im Verlag.
ISBN: 978-3-935194-21-1

Es wurden in erster Auflage
333 numerierte Exemplare hergestellt.
Dieses Exemplar hat Nummer:

186